फेसबुकिया लव

फेसबुकिया लव

प्रेम, सेक्स और आधुनिक जीवन की कहानियाँ

विनोद भारद्वाज

वाणी प्रकाशन

वाणी प्रकाशन

4695, 21-ए, दरियागंज, नयी दिल्ली 110 002

फ़ोन : +91 11 23273167 फ़ैक्स : +91 11 23275710

शाखाएँ

अशोक राजपथ, पटना 800 004, बिहार

कॉफ़ी हाउस कैम्पस, महात्मा गांधी मार्ग, इलाहाबाद 211 001, उत्तर प्रदेश

महात्मा गांधी अन्तरराष्ट्रीय हिन्दी विश्वविद्यालय, वर्धा 442 001, महाराष्ट्र

सुल्तानिया रोड, मोतिया पार्क, भोपाल 462 001, मध्य प्रदेश

www.vaniprakashan.com
marketing@vaniprakashan.in
sales@vaniprakashan.in

FACEBUKIYA LOVE
by Vinod Bhardwaj

ISBN : 978-93-89563-47-4
Collection of Stories

प्रथम संस्करण 2020

मूल्य : ₹ 225

• *जयंत प्रिंटरी, एलएलपी, मुम्बई-02 में मुद्रित* •

वाणी प्रकाशन का लोगो मक़बूल फ़िदा हुसेन की कूची से

कुँवर नारायण
और
विष्णु खरे की स्मृति में
अद्वितीय मित्रता के आभार सहित

भूमिका

कई साल पहले मेरा कहानी–संग्रह 'चितेरी' नाम से छपा था। मैंने कहानियाँ, कविताएँ संख्या में बहुत ज़्यादा नहीं लिखी हैं। सत्तर के दशक में 'सारिका' में मेरी कहानी 'मेरी उम्र बीस साल है' पढ़कर जब एक मुलाक़ात में निर्मल वर्मा ने उस कहानी की चर्चा की, तो मैं काफ़ी उत्साहित हुआ। लेकिन कहानियाँ कभी–कभी ही लिखीं। जिस उम्र में कई लोग लिखना बन्द कर देते हैं, उसमें मैंने उपन्यासों की 'सेप्पुकु' त्रयी लिख डाली और अंग्रेज़ी में उनके अनुवाद हुए और पैंग्विन, हॉर्पर कॉलिंस जैसे बड़े प्रकाशकों ने उन्हें छापने की पेशकश की, तो मुझे महसूस हुआ कि कम लिखना व्यर्थ नहीं हुआ। मेरे तीनों उपन्यास वाणी से ही छपे हैं। इसलिए मेरा कहानी–संग्रह भी यहीं से आना चाहिए। अदिति माहेश्वरी का विशेष आभार। वह हिन्दी प्रकाशन जगत का चेहरा बदल रही हैं, यह जानकर अच्छा लगता है। सिनेमा और कला पर मेरी दो बड़ी पुस्तकें भी वाणी प्रकाशन से ही छपी हैं। इसके लिए अरुण माहेश्वरी का भी आभारी हूँ।

1 जनवरी, 2020 **विनोद भारद्वाज**

अनुक्रम

फेसबुकिया लव

डॉक्टर ने बताया था कि मेरी पैदाइश 1975 की जुलाई के पहले सप्ताह में होगी। लेकिन मैं थोड़ा पहले 25 जून को इस दुनिया में आ गया। आप मुझे इमर्ज़ेंसी चाइल्ड भी कह सकते हैं। मेरी शादी 4 फरवरी, 2004 के दिन हुई थी। यह तिथि भी इतिहास में अब महत्त्वपूर्ण है। हमारे समय की महान सोशल नेटवर्किंग सर्विस इसी दिन शुरू हुई थी। हार्वर्ड विश्वविद्यालय के मार्क जुकरबर्ग और उसके कुछ साथियों ने वेबसाइट की दुनिया में क्रान्ति कर दी थी। और हाँ, मेरी पत्नी राधिका इसी फेसबुक के कारण मुझ पर शक़ करने लगी। हमारे बीच कई अप्रिय क़िस्म के झगड़े हुए और वह मुझे छोड़कर अपने भाई के पास दुबई चली गयी।

मेरी माँ अकसर बताती थीं कि मेरी 'फ़ोरसेप डिलीवरी' के औज़ारों ने मेरे सर पर कुछ घाव पैदा कर दिये थे। और डॉक्टरों ने एक कमरे में मुझे 24 घण्टे रखा था। उस कमरे में और भी कई बच्चे थे; और मैं मानता रहा हूँ कि नर्स की ग़लती से मेरी किसी और बच्चे से अदला–बदली हो गयी थी। मैं एक निरीह रद्दी वाले की सन्तान नहीं हो सकता हूँ। पर क्या करूँ, मैं रामचन्द्र रद्दी वाले के घर में ही पला–बढ़ा था। और जब मैंने दिल्ली के हौज ख़ास विलेज़ के बेसमेंट में एक दिन पुराने फ़िल्म पोस्टरों, तस्वीरों वग़ैरह की दुकान

खोली, बाक़ायदा पूजा–पाठ करवाया तो राधिका ने तल्खी से कहा, ''रद्दी वाले की सन्तान हो, रद्दी ही बेचोगे।''

''देखो, मेरी दुकान में कोई रद्दी नहीं है। ये सब चीज़ें कलेक्टेड आइटम हैं। बेकार मुझे बदनाम न करो।''

स्कूल में मैं सबको बताता था कि मेरे पिता की कपड़े की दुकान है। लेकिन न जाने मेरी क्लास की लड़की सुजाता ने कैसे पता लगा लिया कि मेरे पिता रद्दीवाले हैं। सब मुझे छेड़ने लगे–''रद्दीवाला आ गया।''

मैं अपने पिता की इकलौती सन्तान था। वे मुझे इंजीनियर बनाने का सपना देखते थे। मुझे दुकान पर कभी बैठने नहीं देते थे। दरअसल एक दिन मैं उनकी दुकान पर बिना बताये पहुँच गया। एक लड़का नन्दू उनका असिस्टेंट था। मैं नन्दू से छिपाकर एक मैगज़ीन पढ़ता रहा–बल्कि यों कहिए कि 'देखता' रहा। प्लेब्वॉय का चटपटा अंक मेरे हाथ लग गया था। नन्दू से छिपकर मैं उसे 'देखता' रहा। अचानक पिताजी आ गये। उन्होंने मुझे डाँटा नहीं। बड़ी देर तक मुझे देखते रहे, फिर बोले, ''यह बता कि मैगज़ीनों की इस कुतुब मीनार से यह मैगज़ीन तूने निकाली कैसे? यह तो सबसे नीचे पड़ी थी।''

मैंने नोटिस किया कि नन्दू इधर–उधर देख रहा है। मैंने प्लेब्वॉय को पिताजी की बैठने वाली गद्दी के नीचे से निकाला था। वह ज़रूर उनसे छिपकर पढ़ता रहा होगा। वह चुप रहने का इशारा करता रहा।

उस दिन के बाद दुकान में मेरी एंट्री बाक़ायदा बैन हो गयी। कभी–कभी जब मैं उधर से निक़लता तो पिताजी को सौ से भी ज़्यादा बियर की खाली बोतलों के बीच बैठा नोट गिनते देखता था। नन्दू अख़बारों के ढेर तराजू पर चढ़ा रहा होता था। पिताजी इतनी धूल, अनाप–शनाप चीज़ों की भीड़ और गन्दगी के बीच सुबह से देर रात तक बैठे रहते थे। घर आकर वे बाक़ायदा नहाकर, साफ़–सुथरे कपड़े पहनकर काँच के अपने ख़ास गिलास में रम का पैग बनाकर माँ को आदेश देते, ''एक प्लेट में भुजिया देना।'' कभी–कभी अण्डे की भुर्जी की भी फरमाइश होती थी, यही था उनका जीवन।

बचपन में दिक्कत यह थी कि मोहल्ले की सारी हमउम्र लड़कियाँ मिलने से पहले ही हमारी बहन घोषित हो जाती थीं, कोई स्कोप ही नहीं रह जाता था आगे बढ़ने का। राखी वाले दिन मैं घर में छिपा रहता था। मेरी कोई बहन थी नहीं, इसलिए मैं 'ईजी टार्गेट' था। मेरे पड़ोस में एक नयी लड़की कुलवन्त कौर आयी। पहली ही मुलाक़ात में हम दोनों में मधुर सम्बन्धों की ख़ुशबू दिखने लगी। हम दोनों सात–आठ के रहे होंगे। शाम का वक़्त था। मैंने कुलवन्त से कहा, तेरी वो जगह कैसी है यह तू ड्राइंग बनाकर बता।

''पहले तू अपनी उस जगह की ड्राइंग बना कर दिखा, फिर मैं बनाऊँगी।''

मैंने पास पड़े झाड़ू की एक तीली निकाली और मुट्ठी पर बड़ी मेहनत से अपनी सीक्रेट जगह की ड्राइंग बनायी। ''अब तू बना।'' मैने झाड़ू की तीली कुलवन्त को पकड़ा दी। वह भी बड़ी मेहनत से अपनी सीक्रेट जगह की ड्राइंग बनाती रही।

आप कह सकते हैं कि यह मेरा पहला प्रेम था। उस शाम की यादें अभी भी मन में मीठी गुदगुदी पैदा करती हैं, लेकिन अगने दिन कुलवन्त को लेकर उसकी माँ मेरे घर आयी और बोली, ''बहन को भी पढ़ा दिया करो। इसका कोई भाई नहीं है।'' इस तरह से उस शाम की मीठी यादें ख़राब स्मृतियों में बदल गयीं। कुलवन्त का मैथ कमज़ोर था। कई साल बाद तक वह मेरा सर खाती रही।

29 साल की उम्र में मेरी शादी हुई। और तब तक मैं 'वर्जिन' था। अकसर सपने में मुझे प्लेब्वॉय की नग्न सुन्दरियाँ नज़र आती थीं। जाहिर है राधिका से मेरी अरेंज्ड मैरिज थी। वह एक छोटे प्राइमरी स्कूल की प्रिंसिपल इसलिए बना दी गयी थी कि उसके पिता स्कूल के मालिक थे। पहली ही रात को राधिका ने अपनी प्रिंसिपल वाली सख़्ती दिखा दी। बोली, ''मेरे कुछ उसूल हैं। जिस दिन तुम्हें यह सब करना होगा उस दिन सुबह तुम्हें मुझे बाक़ायदा लिखकर एप्लीकेशन देनी होगी।''

"लेकिन यह सब क्या मुझे करना होगा?" मैं मुस्कराया।

"ज़्यादा स्मार्ट मत बनो। अभी मेरे सामने एक एप्लीकेशन लिखो। तब तुम मुझे छू पाओगे।" शायद ही दुनिया में किसी ने अपनी सुहागरात के दिन अपनी पत्नी को मेरी तरह की एप्लीकेशन लिखी होगी। मैंने लिखना शुरू किया, "डियर वाइफ़, आइ शुड बी ग्रेटफुल इफ यू वुड ग्रांट मी परमीशन टू स्लीप विद यू टुडे...।"

उसने लिखा, "परमीशन ग्रांटेड।" मेरी शादी दुर्भाग्यवश एक सख़्त क़िस्म की प्रिंसिपल से हुई थी। बाक़ी चीज़ों की आप कल्पना कर ही सकते हैं। हमेशा लगता रहा कि इम्तहान में बैठा हूँ।

हमारी शादी टूटने में फ़ेसबुक का भी अहम रोल था। जब 2007 में मेरे एक दोस्त ने फ़ेसबुक के फ़ायदे बताने शुरू किये तो मैंने भी एकाउंट खोल लिया। तब मेरे पास स्मार्ट फ़ोन नहीं था। घर में एक रद्दी में ख़रीदे गये कम्प्यूटर पर मैं अपनी मेल और फेसबुक एकाउंट वग़ैरह देखता था। राधिका के पास कम्प्यूटर के सारे पासवर्ड थे।

एक दिन उसने देख लिया कि मेरी सलहज (राधिका के कज़िन की पत्नी) ने मुझे एक फ्रेंड रिक्वेस्ट भेजी है। बड़ी सुन्दर प्रोफ़ाइल फ़ोटो थी उसकी। गफ़लत यह हुई कि सुहागरात के नाजुक समय में ही मैंने राधिका से दो बातें पूछ ली थीं। पहले तो मैंने उससे कहा, "शादी में वो महिला कौन थीं जो चमचमाती लाल सिल्क की साड़ी पहने हुए थीं? बाल खुले हुए थे। बड़ी सेक्सी लग रही थीं।" मुझे सचमुच तमाचा खाना पड़ा। राधिका ने गुस्से से कहा, "बेवकूफ़, मेरी मौसी को ही सेक्सी बता रहा है। कुछ तो शर्म करो।"

फिर मैंने अपनी उम्र की एक लड़की की तारीफ़ कर दी। वह मेरी सलहज थी। पर राधिका ने मेरी इस पसन्द को कृपापूर्वक स्वीकार नहीं कर लिया। फ़ेसबुक में उसकी रिक्वेस्ट देखकर तो वह बहुत नाराज़ हो गयी। उस दिन सुबह उसने मेरी एप्लीकेशन 'ओके' की थी लेकिन फ़ेसबुक ने सब गड़बड़ कर दिया। और जब तक बुरी तरह लड़–झगड़कर राधिका अपने भाई के पास दुबई नहीं चली गयी तब मैं फेसबुक से दूर रहा। दुबई में भी उसने भारतीय बच्चों

के लिए एक छोटा–मोटा स्कूल खोल लिया है। वह कभी तलाक का मुद्दा नहीं उठाती है। ख़ुद तो उसने नीरस जीवन को आदरपूर्वक अपना लिया है। पर उसका बुनियादी सिद्धान्त यही है कि हम भी नहीं जियेंगे और तुम्हें भी जीने नहीं देंगे सनम।

ज़ाहिर है कि राधिका के दुबई चले जाने के बाद मेरी गहरी दोस्ती फ़ेसबुक से हो गयी। मेरी दुकान में भीड़ तो कभी होती नहीं थी; कोई इक्का–दुक्का कलेक्टर आता था। यह मेरा धन्धा इन सीमित ग्राहकों के उदार संसार से ही चलता था। और मैं दुकान में भी अपने चीनी स्मार्ट फोन पर फ़ेसबुक की दुनिया में रचा–बसा रहता था। बेसमेंट में वाइफाइ सक्रिय रहे इसके लिए मैंने पूरी व्यवस्था कर रखी थी।

मैं पुराने फ़िल्मी गानों, पोस्टरों का अच्छा–ख़ासा विशेषज्ञ हो गया था। मेरे फ़ेसबुक पेज पर श्री 420 फ़िल्म में राज कपूर–नर्गिस का छाते के नीचे प्रेम मुद्रा में खड़ा प्रसिद्ध चित्र लगा हुआ था। मैं चूँकि दुर्लभ गानों, तस्वीरों की पोस्ट बनाता रहता था (आख़िर मेरा धन्धा यही था) इसलिए मैंने जल्दी ही नोट किया कि लड़कियाँ और महिलाएँ मुझे फ्रेंड रिक्वेस्ट अधिक संख्या में भेज रही थीं। प्रौढ़ महिलाओं की रिक्वेस्ट को मैं तुरन्त 'डिलीट' कर देता था। मेरी मित्र सूची बड़ी आकर्षक और सावधानी से चुनी हुई थी। राजनीतिक पोस्ट में अधिक दिलचस्पी दिखाने वालों को मैं 'ब्लॉक' कर देता था।

2010 से मेरा असली फेसबुक अवतार शुरू हुआ। पिछले सात साल में मेरा खाना–पीना, रोना–गाना सब फेसबुक पर ही हो रहा है। कभी–कभी मुझे लगता है कि फेसबुक से परे मेरा कोई अस्तित्व ही नहीं है। मैं तो शुरू में फ़ेसबुक को 'हेट' करता था–सचमुच उससे नफ़रत करता था। अब वही मेरा जीवन है। राधिका को पता नहीं कि उसकी भाभी यानी मेरी सुन्दर सलहज अब उसकी ग़ैर–मौजूदगी का फ़ायदा उठाकर अक्सर अपनी बोरियत दूर करने के लिए इनबॉक्स मे मेरे साथ देर तक चैट करती है। उसके एक बिल्कुल प्राइवेट संसार में मैं बुरी तरह से घुसा हुआ हूँ। उससे मिलने की कोशिश मैं कभी नहीं करता पर उससे चैट करने में बड़ा मज़ा आता है। उससे

बतियाना राधिका से मेरा बदला लेना है। उसकी बातें, सवाल अक्सर नीरस क़िस्म के होते हैं। आज मैंने बैंगन का भर्ता बनाया है, आपने क्या बनाया? अपना खाना तो ख़ुद ही बनाते हैं आप; और आपकी मेड कैसी है? आप भी एक अजीब आदमी हैं, आपकी मेड भी आपकी फ्रेंड लिस्ट में है। कुछ तो अपनी इज़्ज़त का ख़्याल रखिये।

वैसे मेरी मेड सलहज साहिबा से ज़्यादा समझदार थी, वह फ़ेसबुक का बेहतर इस्तेमाल करती थी। उसे टेक्नोलॉजी की भी अच्छी जानकारी थी। वह अक्सर मुझे भी कुछ नयी तकनीकी जानकारियाँ दे देती थी।

इनबॉक्स की चैट के कई दिलचस्प क़िस्से हैं। एक महिला का सन्देश था–मेरा पति शक्की है। अक्सर मेरे इनबॉक्स को चेक करता रहता है। कृपया अपनी ओर से किसी भी तरह का सन्देश मत भेजिए, मैं जब आपको मैसेज भेजूँ तभी जवाब दीजियेगा।

मैं कभी–कभी इंटरनेट से कुछ अनोखे क़िस्से, विश्लेषण, समाचार, फ़ोटो आदि अपनी वाल पर पोस्ट करता रहता था, एक लेख दिलचस्प था आत्महत्या को लेकर–क्यों जापान, स्वीडन या हंगरी जैसे कुछ देशों से आत्महत्या की खबरें ज़्यादा आती हैं।

एक लड़की अनुराधा ने मुझे इनबॉक्स किया, "क्या आप भी मेरी तरह आत्महत्या के दीवाने हैं? क्यों न हम दोनों मिलकर आत्महत्या प्लान करें? मैनें एक फ्रांसीसी फ़िल्म देखी थी जिसमें नायक–नायिका फ़ेसबुक मित्र बनने के बाद एक ख़ास जगह पर मिलकर आत्महत्या की योजना बनाते हैं। लेकिन मिलने के बाद वे इरादे बदल लेते हैं, दोनों का मिलन होता है–शारीरिक भी–पर दोनों अन्त में अपने–अपने अलग रास्तों पर चले जाते हैं।"

अनुराधा से करीब छह महीने संवाद चला, अन्त में परेशान होकर मुझे कहना पड़ा–"हम दोनों को कहीं मिलना चाहिए।"

"आप मुझसे मिलकर निराश होंगे। मैं बहुत डल क़िस्म की लड़की हूँ।" "कोई बात नहीं। मैं भी डल कुमार हूँ। हमारा मिलना अच्छा रहेगा।"

कनॉट प्लेस के बाराखम्भा रोड की एक इमारत की इक्कीसवीं मंज़िल के एक महँगे रेस्तराँ में हमारी मुलाक़ात हुई। ठण्ड के दिन थे। उसने कहा, मैं लाल रंग का फिरन पहनकर आऊँगी। आप मुझे तुरन्त पहचान लेंगे।

हम मिले। थी तो वह नीरसता की सम्पूर्ण राजकुमारी, इक्कीसवीं मंज़िल से झाँकते हुए बोली, "क्यों न हम दोनों यहाँ से छलाँग लगा लें। यहाँ से शहर कितना सुन्दर और स्वच्छ नज़र आ रहा है।"

मैंने कहा, "मैं तैयार हूँ, जीवन में कुछ बचा नहीं है।" अनुराधा बोली, "मैं तुम्हारे साथ मिलकर क्यों आत्महत्या करूँ? इसका सुख तो मुझे अकेले में ही मिलेगा।"

लिफ़्ट में मैंने उसे चूमना चाहा, पर एक भव्य क़िस्म की बुढ़िया ने लिफ़्ट में घुसकर उस सम्भावना को भी ख़त्म कर दिया। घर लौटकर मैंने अनुराधा को मित्र सूची से ब्लॉक कर दिया। यही मेरी आत्महत्या थी।

एक लड़की सीमा थी–सीमा अग्रवाल, सहारनपुर में रहती थी। अभी शायद पढ़ रही थी। एक सुबह मैंने एक पोस्ट अपनी वाल पर लगायी कि क्यों स्त्रियों के लिए हस्तमैथुन ज़रूरी है। विषय भले सेंसेशनल था पर विश्लेषण गम्भीर था। शाम तक एक व्यक्ति ने भी मेरी इस पोस्ट पर लाइक नहीं लगायी।

पोस्ट लगाने के दस घण्टे बाद एक लाइक दिखाई दी–वह भी एक लड़की की। सीमा अग्रवाल ने उसे लाइक किया था। मैंने तुरन्त साहस करके उसे इनबॉक्स में सन्देश भेजा–"ब्रावो! कोई तो ऐसा साहसी निकला जिसने इस पोस्ट को लाइक किया। मैं सुबह से बार–बार नोटिफ़िकेशन पर नज़र गड़ाये बैठा था।" वह लड़की बिन्दास थी। देर रात को भी चैट करती थी और धड़ल्ले से किसी भी कठिन प्रश्न का सीधा साफ़ उत्तर दे देती थी। मैं उसकी बोल्डनेस से बुरी तरह प्रभावित था। एक बोरियत से भरी रात में मैने कुछ ज़्यादा ही हिम्मत दिखा दी। उसके बालों, आँखों का रंग पूछते–पूछते 'प्यूबिक हेयर' के रंग पर आ गया।

''आप गेस कीजिए न...''

''मुझे तो भूरा लग रहा है।''

''अरे, आप तो ज्ञानी हैं। कैसे जान लिया?''

सीमा से महीनों बात होती रही। वह अनोखी लड़की थी। काफ़्का पर बात कर लेती थी, सूज़ा पर भी और पोर्नोग्राफ़ी पर भी। मैं बेचैन था उससे मिलने के लिए। उसने कहा, मेरे लिए दिल्ली आना मुश्किल है। आपको सहारनपुर आना होगा।

और एक दिन मैंने अपने जोश में सहारनपुर का टिकट कटा लिया। मैंने किसी रेस्तराँ में मिलने की पेशकश की। वह बोली, ''घर आ जाइए, मेरे घरवाले लिबरल हैं। वे आपसे मिलकर ख़ुश होंगे, पर आप शायद मुझसे मिलकर निराश होंगे।''

''ऐसा क्यों?''

''क्योंकि मैं आपको शायद पसन्द न आऊँ।''

''क्यों? आपकी प्रोफाइल पिक्चर तो बड़ी अच्छी है। एक्ट्रेस कंगना की तरह लगती हैं आप।''

"हाँ, मैं हैंडीकेप हूँ–ह्वील चेयर बाउंड। आपको पहले ही बता रही हूँ, कहीं शॉक न लग जाये आपको।"

मैं सहारनपुर स्टेशन पर खड़ा था। हाथ में सुन्दर से गिफ़्ट का पैकेट लिए, क्या अब लौट जाऊँ? क्या उसे भी ब्लॉक कर दूँ? मैं सोच रहा हूँ और कॉफ़ी के बाद कॉफ़ी पिये जा रहा हूँ। रद्दीवाला तो मेरा बाप था, मेरे दिमाग़ में इतनी रद्दी क्यों ठुँसी है? मैंने फ़ेसबुक की सारी रद्दी ख़रीदने का कोई ठेका ले रखा है क्या।

चितेरी

मैं 'इमर्जेंसी चाइल्ड' था। यानी बहराइच में मेरा जन्म 25 जून, 1975 की शाम हुआ था। बहुत ज़बरदस्त लू चली थी उस दिन। पिताजी संस्कृत के अध्यापक थे। मेरे जन्म के दिन वह अपने कुर्ते की जेब में लू से बचाव के लिए प्याज़ रखना भूल गये थे। यह काम माँ करती थी। उस दिन वह प्रसव पीड़ा में थी।

संस्कृत के अध्यापक का इकलौता बेटा चित्रकार बन गया। पर मैं अपने एक प्रिय चित्रकार सूजा की तरह यह नहीं कह सकता था कि मैं अपनी माँ के गर्भ की दीवारों पर ही पेंट करना शुरू कर चुका था। मेरे पिताजी मेरी आदतों से परेशान थे। उन्हें चित्रकार का धन्धा पसन्द नहीं था। वह मुझे कालिदास की दुनिया में भेजना चाहते थे और मैं कांदिंस्की और पिकासो की ओर आकर्षित था। एक दिन मैं रात को कला की एक किताब में रोदैं का मूर्तिशिल्प 'चुम्बन' ध्यान से देख रहा था, तो पिताजी ने अचानक मेरा यह कला प्रेम देख लिया। संस्कृत के अध्यापक को झटका नहीं लगना चाहिए था। पर उन्होंने मेरी पिटाई की। "तुझे तो कलाकार मैं बनाऊँगा।"

जवान हुआ, तो दाढ़ी रख ली। पिताजी ने मुझसे बोलना ही बन्द कर दिया। राघव मेरा दोस्त था। वह भी अच्छा चित्रकार था। हम दोनों बैठकर अक्सर रोते थे कि हम बहराइच में क्यों पैदा हुए–बर्लिन

में क्यों नहीं। राघव ने दाढ़ी नहीं बढ़ाई थी। अच्छी सुगन्धित शेव और अंग्रेज़ी बोलने का अभ्यास उसने बहराइच में ही शुरू कर दिया था।

हम दोनों वर्ष 2000 में दिल्ली के रेलवे स्टेशन पर अपने कैनवास लिए उतरे तो मैं भावुक हो गया। मैंने राघव से कहा, "देख लेना, दिल्ली हर हालत में मुझे जीतनी है।"

"परमानन्द, तुम दूर की नहीं सोचते हो। हमें न्यूयॉर्क, लन्दन और पेरिस को जीतना है।"

हम दोनों ने शुरुआत एक साथ की। ललित कला के गेस्ट हाउस में। पर राघव बहुत जल्दी ही साउथ दिल्ली की एक पॉश कालोनी में पेइंग गेस्ट हो गया। उसने अंग्रेज़ी बोलना सीखने के लिए ब्रिटिश काउंसिल का कोर्स ज्वाइन कर लिया। मैं कपिलदेव और रैपिडेक्स के सहारे अंग्रेज़ी सीखने में लगा हुआ था। राघव ने एक पैसे वाले घर की लड़की पटा ली। मैं सरोज़नी नगर के एक कमरे में पेंट करता रह गया। राघव की कहानी यहीं ख़त्म होती है। वह वीडियो आर्ट की दुनिया में चला गया है। दुनिया भर के कला केन्द्र उसे बुलाते रहते हैं।

पर मैं अपना कैनवास छोड़ नहीं पाया। इंस्टालेशन या वीडियो आर्ट में मेरा मन नहीं लगता था। कभी–कभी जैसे एक तेज़ बुख़ार में मैं पेंट करने लगता था। रंग मेरी कला की मुख्य पहचान थे। पेंट करते वक़्त मैं जैसे किसी इमर्ज़ेंसी में नज़र आता था।

त्रिवेणी की छोटी गैलरी में मेरा शो हुआ। और मेरी मुलाक़ात लिंडा से हुई। वह ऑस्ट्रेलियाई दूतावास में काम करती थी। मेरे चित्रों में, मेरे रंगों में उसे एक ज़बरदस्त एनर्जी नज़र आयी। उसने मेरे दो कैनवास ख़रीद लिए। वह मेरी कला की दीवानी हो गयी और सबसे अच्छी बात यह थी कि वह मेरी अंग्रेज़ी की कोई परवाह नहीं करती थी। उसके सामने अपनी टाँग तोड़ अंग्रेज़ी में भी मैं सहज रहता था।

उसने कहा–मेरा जन्मदिन है। मैं अपने दोस्तों को पार्टी दे रही हूँ। चाहती हूँ कि तुम मेरे घर में इस अवसर पर अपनी कला की एक विशिष्ट प्रदर्शनी करो। हो सकता है तुम्हारे कुछ चित्र बिक भी जायें।

मेरे लिए यह एक बड़ी बात थी। उस पार्टी में मैं हीरो था। लिंडा को ख़ासतौर पर मैंने कहा था कि 'गैलरी शक्ति' की मालकिन मिसेज़ नागपाल को इस पार्टी में ज़रूर बुलाना है। उसने अपने लड़के के जन्मदिन की पार्टी का कार्ड मुझसे बनवाया था। और मुझे ही नहीं बुलाया था। बकवास लेडी। देख लेना तुम मुझे एक दिन महान कहोगी।

लिंडा ने इस नये उभरते कलाकार का अच्छा परिचय दिया। सबसे आगे बढ़कर मिलवाया। और उस दिन मेरा एक सपना भी पूरा हुआ। लिंडा को मैंने उसके जन्मदिन पर एक हलका–सा चुम्बन दिया। मेरे लिए यह महान चुम्बन था। किसी विदेशी बाला के साथ इस अद्भुत क्षण का असम्भव सपना मैंने बहराइच में ही देखा था। किताब में रोदैं का मूर्तिशिल्प देखते हुए।

लिंडा की कहानी भी यहीं ख़त्म होती है। और अब कहानी शुरू होती है श्रीमती प्रेरणा की। वह लगभग मेरी ही उम्र की चितेरी थी। पर 19 साल में ही उसने घरवालों की मर्ज़ी के ख़िलाफ़ लव मैरिज कर ली थी। उसका पति अच्छा–ख़ासा बिज़नेसमैन था। पर वह नहीं चाहता था कि मेरी पत्नी पेंट करे और आवारा क़िस्म के लोगों के बीच अपना वक़्त बर्बाद करे। पर प्रेरणा ने लड़–झगड़ कर एक अलग जगह पर छोटा–सा स्टूडियो किराये पर ले रखा था। उसका घर बहुत आलीशान था। पर उसका स्टूडियो एक निम्न मध्यवर्गीय मोहल्ले में था। उसका पति उस मोहल्ले में ख़ुद कभी नहीं आता था। उसकी लम्बी कार कभी–कभी आती थी, तो मोहल्ले के लोग समझ नहीं पाते थे कि मेमसाहब यहाँ स्टूडियो में रहकर क्यों काम करती हैं और कड़क चाय के लिए बार–बार बेचैन क्यौं रहती हैं। पर चाय पहुँचाने वाले लड़के ने मेमसाहब की दूसरी ही तस्वीर बना रखा थी। जी हाँ, उसने वहाँ ख़ुद अपनी आँख से बीयर की दो खाली बोतलें देखी थीं। यह अलग बात है कि प्रेरणा ड्रिंक नहीं करती थी। एक बार एक बड़े कला समीक्षक स्टूडियो में पेंटिंग देखने आये थे, तो बीयर मँगाई गयी थी। मैं ही उन दो बोतलों को लेकर आया था। लेकिन चाय वाले लड़के की अपनी फैंटेसी थी।

तो प्रेरणा से मेरी मुलाक़ात लिंडा की पार्टी में हुई। लिंडा तो वापस आस्ट्रेलिया चली गयी। पर प्रेरणा मेरे लिए एक ज़बरदस्त नशा बन गयी। उन दिनों प्रेरणा पेंटिंग कम करती थी और जगजीत सिंह की ग़ज़लें ज़्यादा सुना करती थी। मुझे वे ग़ज़लें एकरस नज़र आती थीं। मैं नुसरत फ़तेह अली का दीवाना था। कभी–कभार कुमार गन्धर्व सुनते हुए भी पेंट करता था। मैंने प्रेरणा से एक दिन साफ़–साफ़ कहा, ''अच्छा पेंटर बनना है, तो इन लिजलिजी ग़ज़लों को सुनना बन्द करो। किशोरी अमोनकर सुनो। उसकी हंसध्वनि ग्रेट है।''

''देखो परमानन्द, मेरे और जगजीत सिंह के बीच में मत आओ। यह मेरे लिए शराब की तरह है। एक दूसरी ही दुनिया में चली जाती हूँ।''

धीरे–धीरे मुझे प्रेरणा के असली ग़म पता चले। उसकी लव मैरिज एक–डेढ़ साल में ही एक बोझ बन गयी थी। शादी के तीन साल बाद प्रेरणा को फिर से प्यार हो गया–अपने भाई के एक गहरे मित्र से। प्रेरणा को महसूस हुआ कि दरअसल पहला प्यार तो यह है। बहुत तूफ़ानी सम्बन्ध हुए दोनों के। लेकिन प्रेरणा अपने बच्चे और पति को छोड़ नहीं सकती थी। और वह लड़का विदेश चला गया। जगजीत सिंह की ग़ज़लों के कैसेट और तूफ़ानी प्रेम की यादें उसके लिए छोड़ गया।

मैंने चुपचाप संकल्प किया कि इस लड़की को, इस चितेरी को रास्ते पर लाना है। मेरा पहला काम यह है कि इसकी संगीत की पसन्द बदलूँ। आख़िर मैं भी बहराइच में किशोर कुमार के गाने सुनकर बड़ा हुआ था। पर अब दिल्ली में देखिए मेरी पसन्द। हाईक्लास है। प्रेरणा को तो बदलना ही है।

प्रेरणा का मैं एक तरह का गुप्त प्रेमी था। वह मुझमें एक अच्छा दोस्त देखती थी। पर मैं उसे 'इरॉटिक एनर्जी' का अद्‌भुत अवतार मानता था। उसने कला की तकनीक नहीं सीखी थी। मैंने उसे तकनीक सिखायी। उसकी दुनिया ही बदल दी। पर मैं एक काम

नहीं कर पाया। उसका जगजीत सिंह प्रेम नहीं बदल सका। कई बार दोपहर में जब मैं उसके स्टूडियो पहुँचता था, तो उसे उन ग़ज़लों में बुरी तरह डूबा हुआ पाता था। वह प्रेरणा कोई और ही होती थी।

मुझे देखते ही प्रेरणा कैसेट बन्द कर देती थी। उसे थोड़ी–बहुत झिझक होने लगी थी। मैंने प्रेरणा से कहा, "भई, मुझे अंग्रेज़ी सिखा दो। मैं तुम्हारा जगजीत सिंह प्रेम तो बदल नहीं सकता। असम्भव है। लेकिन तुम मुझे अंग्रेज़ी बोलना और स्नॉबरी ज़रूर सिखा दो। आर्ट मार्केट में इन्हीं चीज़ों का बोलबाला है।"

"परमानन्द, यह भी असम्भव है। तुम न अंग्रेज़ी सीख सकते हो और न स्नॉबरी। इसके लिए तुम्हें दूसरा जन्म लेना पड़ेगा।"

"क्या मैं तुम्हें कभी 'किस' कर सकता हूँ?"

"असम्भव! इम्पॉसिबल। लेकिन आशा की एक किरण है।"

"क्या? कहाँ? कैसे? जल्दी बताओ। मैं पागल हो जाऊँगा।"

"जिस दिन तुम मेरे जगजीत सिंह प्रेम को समाप्त करा दोगे उस दिन तुम्हें शायद 'किस' भी मिल जाये।"

मैं उदास हो गया। गहरे अवसाद में चला गया। प्रेरणा मेरी फैंटेसी की महारानी थी। पर वह मुझे कभी गम्भीरता से नहीं लेती थी। शायद वह मुझे एक आर्ट मास्टर ही समझती थी–गहरा दोस्त नहीं।

प्रेरणा के पति से दो–चार बार मैं मिला था। वह मुझे बिलकुल पसन्द नहीं करता था। ऊपर से, जैसे यन्त्रणा देने के लिए वह बराबर मुझसे अंग्रेज़ी में बात करता था। मैं हिन्दी में बोलता था और वह अंग्रेज़ी में। लिंडा के सामने मैं शान से अंग्रेज़ी बोलता था। पर प्रेरणा के पति के सामने मेरी बोलती बन्द हो जाती थी। मेरा बदला लेने का ढंग दूसरा था। आख़िर उसकी पत्नी स्टूडियो में मेरे ही कन्धों पर रोती थी। उन कमज़ोर क्षणों में उसकी अंग्रेज़ी और अमीरी काम नहीं आती थी।

यह तो मैं समझ गया था कि प्रेरणा का प्यार पाना असम्भव है। पर मुझे एक तरह का सन्तोष महसूस होता था कि प्रेरणा के भीतर की चितेरी का विकास हो रहा है। वह एक अच्छी पेंटर बनती चली

जा रही थी और जब उसके पति के एक एन. आर. आई. दोस्त ने अचानक डेढ़ लाख का चेक काटकर प्रेरणा के तीन चित्र ख़रीद लिए और एक स्पेशल पेंटिंग को बनाने के लिए भी कहा, तो अचानक उसे अपनी पत्नी एक 'डिस्कवरी' नज़र आने लगी। उसने कहा—तुम अपना स्टूडियो किसी पॉश इलाके में ले लो। किराये की कोई परवाह नहीं है। इस लोअर मिडल क्लास मोहल्ले में क्लाइंट कैसे आयेंगे। वो तो मेरा दोस्त है। आ गया। पर दूसरे ख़रीदार कैसे आयेंगे।

पर प्रेरणा समझदार थी। उसने अपना स्टूडियो नहीं बदला। "इस मोहल्ले में ही तुम्हारी प्रेरणा को असली प्रेरणा मिलती है। फिर परमानन्द का घर भी तो यहाँ पास है। कितना हैल्पफुल है वह।"

"इस परमानन्द को तो तुम अपने स्टूडियो में घुसने मत दो। साला जैलस हो गया है तुम्हारी सफलता से। तुम समझा करो। इस फील्ड में कट थ्रोट कंप्टीशन है।"

प्रेरणा ने ही मुझे अपने पति के विचार बताये थे। मैं सारी रात सोचता रहा कि प्रेरणा मेरी कौन है? उसका प्रेम अमेरिका में है जिसे जगजीत सिंह के सहारे वह याद कर लेती है। चितेरी वह अच्छी बन ही गयी है। मैं आज भी संघर्ष कर रहा हूँ।

परमानन्द, तुम संघर्ष करो। हम तुम्हारे साथ हैं।

यह नारा कौन लगा रहा है? मैं समझ नहीं पाया। मैं क्यों संघर्ष करूँ? मैं प्रेरणा को क्यों नहीं पा सकता हूँ? वह कहती है कि तुम्हारी अंग्रेज़ी ठीक नहीं है। क्या इसीलिए मैं कुपात्र हूँ। रंगों की कोई भाषा कहाँ होती है। बड़ी मुश्किल से मैं सो सका। एक जंगली क़िस्म की फैंटेसी में जब प्रेरणा को मैंने बुरी तरह से पा लिया, तो मुझे नींद आयी।

और एक दिन मुझे पहली बार प्रेरणा के घर एक दावत का निमन्त्रण मिला। उसके जन्मदिन की पार्टी थी। कई देशी—विदेशी ख़रीदार भी बुलाये गये थे। उसका पति मुझे नहीं बुलाना चाहता था। पर प्रेरणा ने ज़िद की। मैं ज़रूर आऊँ। केक तुम्हारे आने के बाद ही कटेगा। आदि—आदि।

मैं सोचता रहा। परेशान रहा। जाऊँ न जाऊँ। लिंडा के घर पार्टी में मैं कितने विश्वास के साथ गया था। पर प्रेरणा के घर जाने की हिम्मत जुटाने के लिए मैंने पहले रम के तीन पैग चढ़ाये। फिर एक महँगा बुके ख़रीदा। फैब इंडिया का नया कुर्ता पहन कर पहुँचा। पार्टी बड़ी ग्लैमरस थी।

घर में घुसते ही प्रेरणा के पति से सामना हुआ। बाद में मुझे सुनाई दिया, वह प्रेरणा से कह रहा था, ''परमानन्द तो नशे में धुत है। यह इस पार्टी के लायक बिलकुल नहीं है।''

मुझे प्रेरणा पर कम–से–कम इतना भरोसा था कि वह अपने पति का विरोध करेगी, पर प्रेरणा मुझे बाहर ले आयी। बुके लिया। थैंक्यू कहा और बोली, ''परमानन्द, तुम मेरी पोज़ीशन समझने की कोशिश करो। मेरा बच्चा बड़ा हो रहा है। इस वक़्त तुम बहुत पिये हुए हो। कोई सीन न हो जाये।''

मेरा नशा तुरन्त उतर गया। एक पागलपन–सा मुझ पर चढ़ गया। मैंने प्रेरणा को एक थप्पड़ लगाया। कुछ देर वह मुझे देखती रही। फिर उसने भी मुझे पूरे ज़ोर से थप्पड़ लगाया। यू बास्टर्ड! मैं वापस चला आया। जैसे इमर्जेंसी घोषित हो गयी थी। मुझे कभी भी गिरफ़्तार किया जा सकता था। मैं भाग रहा था। रो रहा था। प्रेरणा ख़रीदारों के बीच ज़रूर मुस्करा रही होगी।

अभिनेत्री

वह बहुत आकर्षक थी। आज की भाषा में बोल्ड ऐंड ब्यूटीफुल। सेक्सी। उस ज़माने में हम उसे 'मॉडर्न' समझते थे–अवाँ गार्द। बिन्दास। वह अभिनेत्री थी। सुन्दर थी। सिगरेट पीती थी। जींस पहनती थी। इन दिनों तो ऐसी लड़कियाँ छोटे शहरों में भी मिल जायेंगी। लेकिन आज से तीस साल पहले के बरेली की कल्पना कीजिए। अनुराधा हम जैसे 'बुद्धिजीवी वर्ग' के नये रंग–रूटों के लिए एक सनसनी की तरह थी। मैं तो उसे बस देखता ही रह जाता था।

उन दिनों एक कवि मित्र मुझसे कहता था, "अमाँ, नरेश, हमने तो तय कर लिया है। शराब या सिगरेट तभी छुयेंगे जब कोई त्रिपुर सुन्दरी ऑफ़र करेगी। वर्ना ये चीज़ें शरीफ़ लोगों के हाथ लगाने लायक नहीं हैं।" यह कहकर वह कुछ अनोखी हिक़ारत से कॉलेज की लड़कियों की तरफ़ देखता था। पान से हमेशा उसके दाँत रँगे रहते थे। भगवान जाने क्यों उसने अपनी क़सम की सूची में शराब और सिगरेट के साथ इस कमबख़्त पान को कैसे छोड़ दिया था। बातचीत में हमारा 'एस्थेटिक प्लेजर' तो न बिड़ता।

ख़ैर, उस 'निरीह कवि' को मैंने कभी नहीं बताया कि एक शाम लाल लैम्प की जादुई रोशनी में अनुराधा ने मुझे सिगरेट ऑफ़र की। लेकिन मैंने मना कर दिया। उसने अपने प्यारे अन्दाज़ में कहा,

"साले, तुम घोंचू ही रहोगे क्या। चल एक बीयर का गिलास पी ले। मम्मा से डरता है न। जाते वक़्त मैं तुझे इलायची खिला दूँगी। रात को दरवाज़ा खोलेगी, तो तू एक शानदार और सभ्य ख़ुशबू के साथ घर में घुसेगा।"

"अनुराधा जी, क्या सचमुच मैं पी लूँ? बहुत ज़्यादा नशा तो नहीं आयेगा।"

अनुराधा के पति कुमार (अरे हाँ, वह बीस की थी और विवाहिता थी) ने मेरे लिए एक गिलास में बड़ी सफ़ाई से बीयर भरी। मुझे उस वक़्त यह बात कुछ ख़राब लग रही थी कि उस गिलास को अनुराधा ने मेरे लिए ख़ुद क्यों नहीं बनाया। मैंने गटागट गिलास खाली कर लिया और झाग लगे कांच के गिलास को आँखों के सामने घुमाते हुए बड़ी देर तक अनुराधा को देखता रहा। वह मेरा आदर्श थी। उसकी छवि में मुझे एक साथ ग्रेटा गार्बो, मधुबाला, मर्लिन मुनरो (उन दिनों अकसर मुझे अपने एक प्रिय कवि की पंक्तियाँ याद आ जाती थीं–'मर्लिन मुनरो, मेरी भव बाधा हरो।'), माता हारी (डच–इण्डोनेशियन मूल की रहस्यमय नर्तकी जो जर्मनी सीक्रेट सर्विस के लिए काम करने के जुर्म में मार दी गयी थी), गीता बाली के मिले–जुले दर्शन हो जाते थे। उन दिनों स्टेज की किसी बड़ी एक्ट्रेस का नाम मैं जानता नहीं था। सुरेखा सीकरी या उत्तरा बावकर के नाम जब कुछ साल बाद सामने आये, तो मेरा अनुराधा से मोहभंग हो चुका था। उसने अपने 'पहले प्यार' कुमार से तलाक़ ले लिया था। और उन दिनों तो उसे मेरा नाम सुनना भी पसन्द नहीं था।

लेकिन यह बात तब की है जब मैं सत्रह साल का था। अनुराधा मुझसे तीन साल बड़ी थी। बरेली में एक नाटक में अपने अभिनय से उसने तहलका मचा दिया था। कुमार उसे इतिहास पढ़ाते थे। दोनों का तूफ़ानी प्रेम हुआ। उनकी शादी के कॉलेज में कई क़िस्से मशहूर थे। मैं जब इस 'अवाँ गार्द' पति–पत्नी के महान सम्पर्क में आया, तो उनकी शादी हो चुकी थी।

कुमार अपनी पत्नी से बहुत प्यार करता था। अनुराधा कभी–कभी उससे कहती, ''साले, मुझसे इतना प्यार न करो। पछताओगे।''

दरअसल उन दिनों मैं अपने को अनुराधा का 'सीक्रेट' और 'हार्मलेस' क़िस्म का प्रेमी मानता था। अक्सर उनके घर में दावतें होती थीं। शहर के कई कवि, चित्रकार व लेखक, रंगकर्मी, संगीतकार, बुद्धिजीवी वहाँ मौजूद होते थे। मैं उन दावतों में 'आश्चर्यलोक में एलिस' की तरह बैठा होता था। अनुराधा की अदाओं का मैं बड़ा बारीक अध्ययन करता था और पार्टी के अन्त में उसका मुझे इलायची खिलाना मेरे लिए एक विराट 'इरॉटिक अनुभव' था।

इस 'इरॉटिक अनुभव' के अद्‌भुत आलोक में मैं घर लौटता था। माँ डांटती थी। मैंने एक उभरते हुए पेंटर की शैली में फ्रैंचकट दाढ़ी बढ़ा ली थी। मुझे डर लगता था कि कहीं मेरी माँ किसी दिन गुस्से में मेरी इस कलात्मक दाढ़ी को न नोच ले। और उसे इलायची की ख़ुशबू का रहस्य पता चल जाये।

अनुराधा के घर की दावतों का मुझे कुछ ऐसा चस्का लग गया था कि कभी–कभी मैं कॉलेज की क्लास ख़त्म होते ही शिखर धूप में उनके घर के सामने सड़क के दूसरी तरफ़ छिपकर खड़ा हो जाता था। वे दोनों तीन बजे के आसपस रिक्शे पर घर लौटते थे। जब वे अन्दर चले जाते, तो मैं शरमाता–झिझकता, किताबें गिराता–सँभालता उनके घर की घण्टी बजा देता था। वे लोग मुझे बहुत चाहते थे। कुमार अक्सर मेरे किताबी ज्ञान से आतंकित हो जाता था। मैं एक ही साँस में सार्त्र, काम्यू, विटगेंस्टाइन, जीवनानन्द दास, मालरो, कारावेज्जियो, मज़ाज, भुवनेश्वर, माता हारी के नाम लेने की कला में माहिर था। लेकिन अनुराधा बड़ी बेरहमी से मेरा मज़ाक़ भी उड़ाती थी।

एक बार उन दिनों पटना में अखिल भारतीय बुद्धिजीवी सम्मेलन हुआ। दिल्ली की संस्कृति की दुनिया में मैंने भी एक हल्की–सी दस्तक दी थी। एक निमन्त्रण का जुगाड़ हो गया। बस, हमारा एक दल पटना पहुँच गया। झिझक के कारण मैं अनुराधा को कुछ बता भी न सका। लौटा, तो उसने मेरी अच्छी क्लास ली, ''अच्छा तो

साले, तुम अब बुद्धिजीवी हो गये हो। कितनी घटिया साउंड वाला शब्द है यह बुद्धिजीवी...''

''आप चाहें तो इंटेलेक्चुअल शब्द का इस्तेमाल कर सकती हैं...''

''कोई कम नक़ली शब्द नहीं है इंटेलेक्चुअल भी। तुम लोग कैसे अपने को बुद्धिजीवी कहने की हिम्मत जुटा लेते हो...पाखण्डी और नक़ली हो तुम सब लोग कायर...फ्रॉड...''

''अनु डार्लिंग, क्यों तुम इस बेचारे के पीछे पड़ी हो। ऐसी जगहों पर जाना चाहिए। दिमाग़ खुलता है। बहसबाज़ी होती है। मैं तो इसकी उम्र में बड़ा दब्बू था।'' कुमार ने यह कहकर मुझे थोड़ी राहत पहुँचायी।

कभी–कभी कुमार से मुझे एक विचित्र प्रकार की ईर्ष्या का भी अनुभव होता था। भला अनुराधा उसी से क्यों प्यार करे? फिर मुझे मन–ही–मन बड़ा अजीब–सा डर महसूस होता था कि कहीं अनुराधा मुझे अपना छोटा भाई तो नहीं समझती है। भले ही वह प्यार कुमार से करे–हे ईश्वर, लेकिन मुझे अपना भाई न बना ले। यह मेरी गुप्त प्रार्थना थी।

मेरी कोई बहन नहीं थी। लेकिन मैं यह बर्दाश्त नहीं कर सकता था कि अनुराधा मुझे छोटे भाई का दर्जा दे। मैं उसका अच्छा दोस्त बनना चाहता था। और एक दिन मैंने उससे अपनी यह निरीह इच्छा बता भी दी। उसने बड़ी ज़ोर का ठहाका लगाया। बोली, ''तो तुम मेरे दोस्त बनना चाहते हो? साले, कहीं स्पेशल फ्रैंड बनने की कोई सीक्रेट डिज़ायर तो नहीं है मन में। कुमार तो तुम्हें बड़ा सीधा समझता है। पर मैं जानती हूँ। तुम घुटे हुए बुद्धिजीवी हो। अच्छा तुम यह बताओ, कभी तुमने मास्टरबेशन किया है? कौन है तुम्हारी सपनों की रानी? कहीं मैं तो नहीं हूँ?''

''आप भी बस अनुराधा जी... समझिए न। कभी–कभी सपनों में मुझे मर्लिन मुनरो दीखती है या फिर माता हारी...''

''साले, घोंचू, तुझे तो सपनों में अन्ना अखमतोवा दीखनी चाहिए। बुद्धिजीवी बनता है। सम्मेलनों में जाता है।''

''देखिए, उस सम्मेलन में मेरा जूता चोरी हो गया था। बड़ी महँगी पड़ी थी वह कॉन्फ्रेंस। फ़्यूचर में मैं कभी ऐसी जगह नहीं जाऊँगा।''

उस रात मैं काफ़ी देर सोचता रहा कि अनुराधा ने मुझसे 'मास्टरबेशन' वाला सवाल क्यों किया? वह कैसे मेरे मन की अत्यन्त गुप्त इच्छाओं, स्वैरकल्पनाओं के संसार में झाँक लेती है? मैं उसके सामने सच बोलने का साहस क्यों नहीं जुटा सका?

कुमार की पार्टियों का मुझे इन्तज़ार रहता था। काफ़ी तैयारी करके जाता था मैं इन दावतों में। आज किसे 'कोट' करना है, किस किताब का फ़्लैप पढ़कर जाना है। अनुराधा का एक 'कज़िन' किशोर अक्सर हम सबको मात दे दिया करता था। उसके पास एक फ़ाक्सवैगन गाड़ी थी जो उस ज़माने का एक अनोखा स्टेटस सिंबल थी। पीछे 'एन्काउंटर' जैसी किसी आधुनिक पत्रिका के अंक बिखरे पड़े रहते थे। कभी 'न्यू लैफ्ट रिव्यू', 'कल्पना', 'माध्यम' के अंक भी 'वैराइटी' के लिए दीख जाते थे। किशोर लगभग हमारे लिए अज्ञात लेखकों और पुस्तकों के नाम एक विशेष अवसर पर एक उससे भी अधिक विशेष शैली में हवा में फेंक दिया करता था। अनुराधा को जब भी किशोर को चिढ़ाना होता था, तो वह 'नेम ड्रॉपिंग' को बाक़ायदा एक आकर्षक अभिनय के साथ ज़मीन पर 'ड्रॉप' करके दिखाती थी।

और अचानक अनुराधा बरेली छोड़कर दिल्ली चली गयी। वह जाना नहीं चाहती थी। उन दिनों दिल्ली की 'हाई सोसायटी' से उसे सख़्त चिढ़ थी। तो फिर वह अचानक दिल्ली क्यों चली गयी? दरअसल कुमार ने ही उस पर 'प्रैशर' डाला था। उसको लगता था कि मेरी प्रतिभाशाली पत्नी के लिए यह शहर बहुत छोटा है। यहाँ वह कुछ नहीं कर पायेगी। इसलिए उसने अनुराधा को नेशनल स्कूल ऑफ़ ड्रामा में दाख़िला दिलाया। वह उसे एक बहुत बड़ी अभिनेत्री के रूप में देखना चाहता था। अनुराधा की विदाई पार्टी में एक हंगारी लाल वाइन की बोतल खोली गयी। मैं कुमार से वह हरे रंग की खाली बोतल घर ले आया था। किसी 'मिमेंटों' की तरह मैं उसे

रखना चाहता था। आख़िर अनुराधा से जुड़ा स्मृति चिन्ह भी अलग तरह का होना चाहिए। अनुराधा के दिल्ली जाने के बाद बरेली बहुत ख़राब लगने लगा। कुमार के यहाँ पार्टियों का सिलसिला भी कम हो गया। मैं भी अपने इम्तहानों में फँसा रहा।

गर्मी की छुट्टियाँ थीं। अनुराधा दिल्ली से अपने साथ दो 'बड़े बुद्धिजीवी' लेकर लौटी। दोनों अधेड़ उम्र के थे पर बातें बहुत शानदार करते थे। उनके सम्मान में कुमार ने एक अच्छी दावत दी। अनुराधा मुझे बदली हुई लग रही थी। पार्टी के बाद मुझे वह इलायची देना भी भूल गयी। रिक्शे में अकेला अँधेरा में बैठा मैं पुरानी पार्टियों की याद कर रहा था। घर नज़दीक था। देर रात को एक कमज़ोर आदमी को कुछ पैसे वाले लोग बुरी तरह पीट रहे थे। वह आदमी मार खाते हुए अजीब तरह से कराह–चिल्ला रहा था। मेरा सारा नशा उड़ गया। मैं सोचता रहा वह आदमी कौन होगा? उसे क्यों इतनी बुरी तरह से मारा जा रहा है? उसने क्या कोई बहुत बड़ा अपराध किया होगा? वह सोचते–सोचते अचानक मेरा मन हुआ कि मैं वापस अनुराधा के पास पहुँच जाऊँ। रात को दरवाज़ा ज़ोर–ज़ोर से खटखटाऊँ। अपने सफ़ेद स्लीपिंग गाउन में अनुराधा अपने बाल बिखराये हुए चली आये। दरवाज़ा खोले, तो मैं उससे इलायची माँगूँ।

और मैं बेचारा एक डरपोक बुद्धिजीवी रात को उस आदमी के पिटने पर कोई कविता लिखने, पेंटिंग बनाने के बारे में सोचता रहा। पर मैं उन आदमियों से यह पूछ नहीं सकता था कि भइया, क्यों मार रहे हो इस अकेले आदमी को? मैंने रिक्शेवाले को फ़ौरन रास्ता बदलने के लिए कहा।

अगली सुबह अचानक अनुराधा ने एक प्रोग्राम बनाया। रानीखेत और कौसानी जाने का प्रोग्राम। मैंने कभी पहाड़ देखा नहीं था। सोचा कि इस बुद्धिजीवी टीम के साथ कौसानी का सूर्योदय देखकर धन्य हो जाऊँगा। हम पाँच लोगों की टीम उसी रात रानीखेत की ओर चल दी। कुमार बहुत उत्साहित था। प्रोफ़ेसर भटनागर और उनके अन्तरंग मित्र बी. एल. (उनका पूरा नाम हम कभी नहीं जान पाये)

काफ़ी जानकार और घुमक्कड़ क़िस्म के थे। मैं ठण्ड से पूरी तरह से बल्कि बुरी तरह से लड़ने की तैयारी करके स्टेशन पहुँचा था। अनुराधा मुझ पर बहुत हँसी। "अरे, बौड़म कहीं के, तुम जाड़ों में मास्को नहीं जा रहे हो। रानीखेत का मौसम बड़ा प्लेजेंट होगा।"

दोपहर को जब हम रानीखेत पहुँचे, तो एक भीषण आँधी ने हमारा स्वागत किया। एकाध मकान की छत को भी मैंने उड़ते हुए देखा। पहाड़ का पहला अनुभव विचित्र और भयभीत कर देने वाला था। सिर्फ़ दो कमरे खाली थे। एक थोड़ा बड़ा था, दूसरा काफ़ी छोटा। मन–ही–मन मैं बहुत दुखी था कि भटनागर और बी. एल. के साथ मुझे कमरा शेयर करना होगा। पता नहीं इन बुद्धिजीवियों के खर्राटे कैसे होते हैं। मैं बहुत डरा हुआ था।

पर अनुराधा ने मुझे चौंका दिया। उसने कुमार से कहा, "तुम और बी. एल. छोटे कमरे में शिफ्ट हो जाओ। मैं, प्रोफ़ेसर भटनागर और यह बच्चा बड़े कमरे में सो जायेंगे। इस बच्चे को भी आख़िर हमें एडल्ट बनाना है।

'एडल्ट' तो मैं बनना चाहता था, अनुराधा के साथ कमरा शेयर करने ने भी मुझे रोमाँचित किया पर मैं इस अनोखे 'अरेंजमेंट' से सचमुच चकित था। साफ़ नज़र आ रहा था कि कुमार इस अत्याधुनिक 'अरेंजमेंट' से ख़ुश नहीं है। उसका चेहरा उतर गया था। तेज़ी से उसने अटैची उठायी और 'स्पोर्ट्‌र्समैन स्प्रिट' दिखाते हुए बी. एल. के साथ कमरा शेयर करने के लिए चला गया। उसके चेहरे पर मुस्कान थी। मैंने सोचा कि यही असली आधुनिकता है। दिल्ली से आधुनिक होकर आयी है अनुराधा।

रात के भोजन के समय काफ़ी गम्भीर बातें हो रही थीं। पर मेरा मन यही सोच रहा था कि क्या सुन्दर स्त्रियाँ खर्राटे भी लेती होंगी? लखनऊ के कॉफ़ी हाउस में हिन्दी के एक बहुत बड़े लेखक यशपाल एक बार बहुत 'इनोसेंट' सवाल कर रहे थे कि मेरा मन यह बात मानने को तैयार नहीं होता कि सुन्दर स्त्रियाँ कभी पेशाब करने भी जाती होंगी। मेरे मन का सवाल भी कुछ इसी तर्ज पर था।

पर रात को बिस्तर पर मुझे नींद नहीं आ रही थी। कमबख़्त किसी के खर्राटे भी नहीं सुनाई पड़ रहे थे। भटनागर और अनुराधा बड़ी देर तक बर्टोल्ट ब्रेष्ट, स्तैनिस्लावस्की और यूजीन ओनील पर बातें करते रहे। फिर अचानक विषय कुछ दिलचस्प हुआ। बटोल्ट ब्रेष्ट और पाबलो नेरूदा के प्रेम जीवन पर कुछ रोचक और 'इरॉटिक' क़िस्म का वार्तालाप शुरू हुआ। कुछ देर तो मैं सुनता रहा। भटनागर ने यह भोला–सा प्रस्ताव रखा कि अनुराधा, मेरे पैर दबा दो। मैं चलते–चलते थक गया हूँ।

और मैं 'प्रोटेस्ट' में बिस्तर से उठ खड़ा हुआ। पर किसी ने मेरे 'प्रोटेस्ट' पर ध्यान नहीं दिया। मैं बाहर आया, तो देखा रेलिंग पर कुमार झुका हुआ सिगरेट पी रहा है। कुछ देर तक हम लोग इस 'अरेंजमेंट' पर बातचीत करते रहे। कुमार ने कहा, "मैं इस हद तक सहन नहीं कर पाऊँगा। नरेश, क्या मुझे अनुराधा से बात करनी चाहिए।"

"क्यों नहीं? आख़िर वह आपकी पत्नी हैं। पर अभी फ़ौरन बात मत कीजिए। सिचुएशन ठीक नहीं है। कल आराम से किसी एकान्त में बात कीजियेगा।"

और अगली दोपहर को जो 'सीन' सामने आया वह किसी मसाला हिन्दी फ़िल्म का भी 'सीन' हो सकता था। कुमार ने अनुराधा को अलग ले जाकर बातचीत की। बाद में अनुराधा बिना कुछ बताये ग़ायब हो गयी। हम चारों लोग चारों दिशाओं में 'अनुराधा, अनुराधा' कहते हुए बदहवास भागते रहे। शाम को एक चट्टान के पास वह अकेली चुपचाप बैठी हमें मिली। 'ट्रिप' को रद्द कर दिया गया। भटनागर और बी. एल. कौसानी की ओर चले गये। हम तीनों वापस बरेली आये। लौटते वक़्त शायद ही किसी ने कोई बात की हो। अनुराधा ने कुमार से तलाक़ ले लिया। मुझसे तो वह बात करने के लिए भी नहीं तैयार थी। तीस साल तक वह मुझसे नहीं बोली।

उन दिनों मेरे मन में पहली बार यह सवाल उठा था–कला या ज़िन्दगी? कला तो बहुत–से लोगों, बहुत–सी पीढ़ियों, समय के अलग–अलग पड़ावों के काम आती है। ज़िन्दगी तो उसके मुक़ाबले

में छोटी है। एक आप की ज़िन्दगी होती है और कुछ लोग आपकी ज़िन्दगी में आते हैं।

उन दिनों महान पश्चिमी शास्त्रीय संगीतकार गुस्टाफ मालर की पत्नी अल्मा के संस्मरण पढ़ रहा था। अल्मा का पति तो सचमुच महान था। उसकी महानता की थोड़ी–सी झलक उसके समय को भी मिल गयी थी। लेकिन अल्मा की शिकायत यही थी कि ऐसी महानता किस काम की अगर वह आपके निजी जीवन की उपेक्षा करे, एक तरह से उसे बर्बाद होने दे।

कुमार अकेला हो गया था। वह एक बहुत 'केयरिंग हस्बैंड' था। घर के प्रति वह बहुत समर्पित था। बहुत शौक़ से चीज़ें ख़रीदकर लाता था। उन दिनों बरेली में महँगा म्यूज़िक सिस्टम बहुत कम लोगों के पास होता था। अनुराधा अभी दिल्ली नहीं गयी थी। कुमार ने म्यूज़िक सिस्टम ख़रीदने के बाद एक पार्टी दी। (उन दिनों हम लोग पार्टी के लिए कोई–न–कोई बहाना खोज लेते थे।) वह बहुत चाव से सिस्टम के बारे में बता रहा था। "देखो, नरेश, हम कलाकारों–बुद्धिजीवियों के लिए यही चीज़ें ज्वैलरी की तरह हैं। लोग इतना पैसा जेवर पर ख़र्च करते हैं, महँगे कपड़े ख़रीदते हैं और हम लोग किसी म्यूज़िक सिस्टम, रिकॉर्ड या किताब पर ख़र्च करना चाहते हैं।"

सिस्टम पर कुमार गन्धर्व का एल. पी. चल रहा था। एल. पी. के कवर पर कुमार गन्धर्व की आकर्षक मुद्रा थी–अपने प्यारे कुत्ते के साथ। हम सब लोग संगीत में बुरी तरह से डूबने की कोशिश में थे। अनुराधा ने सिगरेट जलायी और एक ख़ास तरह की व्यंग्यात्मक हँसी के साथ कहा, "अबे घोंचू, बेकार ही बार–बार मुंडी हिला रहा है। कुछ जानता भी है शास्त्रीय संगीत के बारे में। कल तक तो किशोर कुमार के गाने गाता था।"

"तो क्या हुआ अनुराधा? आज भी गाता हूँ।" मैंने शायद पहली बार अनुराधा की आँखों का सामना करने की कोशिश की थी। वह अक्सर मुझसे कहती थी–तुम आँखें मिलाकर क्यों नहीं बात करते। हमेशा चोरों की तरह इधर–उधर क्यों देखते रहते हो। मैंने अपने

भीतर जोश और हिम्मत का एक 'पैग' उड़ेला और कहा, ''अनुराधा जी, मैं किशोर कुमार भी सुनता हूँ, कुमार गन्धर्व भी और मोत्सार्ट भी। कहिए, आपको कोई एतराज़ है? क्या बरेली में रहकर मोत्सार्ट को मोज़ार्ट न कहना, उसका नाइट म्यूज़िक सुनना अपने आप में कोई क्राइम है?''

''अबे, तू इतना सेंटी क्यों हो रहा है? मैं तो यूँ ही मज़ाक़ कर रही थी। तुममें कहीं कोई बात देखी थी, तभी तो तुम्हें हम सब लोग इतना चाहते हैं, पार्टियों में तुम्हें बुलाते हैं। हमारी भाषा में तो तुम अभी ठीक से एडल्ट भी नहीं हुए हो। पर तुममें कहीं कुछ है...''

हमारी पार्टियों में एक आकर्षण शेषमणि श्रीवास्तव की कविताएँ उन दिनों 'धर्मयुग' में छप चुकी थीं। राजकमल चौधरी की लाल काग़ज़ पर हरी स्याही से लिखी चिट्ठियाँ दिखाकर वह हम सबको चमत्कृत कर चुका था। अनुराधा की बात सुनकर उसने फ़ौरन संगीत बन्द करवाया और अपने झोले से रघुवीर सहाय की पुस्तक 'सीढ़ियों पर धूप में' निकाली और उनकी 'स्वीकार' कविता का पाठ शुरू कर दिया : ''तुममें कहीं कुछ है/कि तुम्हें उगता सूरज, मेमने, गिलहरियाँ, कभी–कभी का मौसम/जंगली फूल–पत्तियाँ, टहनियाँ–भली लगती हैं/आओ उस कुछ को हम दोनों प्यार करें...'''

मुझे यह कविता याद थी। नाटकीय ढंग से मैंने इसकी अन्तिम पंक्ति सुनायी, ''एक दूसरे के उसी विगलित मन को स्वीकार करें।''

स्वीकार करता हूँ कि आज भी मेरे मन में इन पार्टियों का 'नॉस्टेल्जिया' है। हम लोग अक्सर सतही, फ़ैशनेबल, लेग पुलिंग क़िस्म की बातें ही करते थे। पर कभी–कभी कुछ ढंग की बातें भी हो जाती थीं। कुमार बहुत 'प्यारा' क़िस्म का प्राणी था। वह सचमुच अनुराधा की बहुत 'केयर' करता था। रसोई में जाकर बहुत सारा काम ख़ुद ही कर देता था। पार्टी के बाद सुबह बर्तन भी ख़ुद ही धोता था। इस बारे में उसकी राय दिलचस्प थी, ''बर्तन माँजते वक़्त दिमाग़ की गन्दगी भी साफ़ हो जाती है। रात की पार्टी के बाद दिमाग़ को भी एक ज़बरदस्त धुलाई की ज़रूरत होती है।''

सिगरेट पीने के बारे में भी उसका कमेंट कम दिलचस्प नहीं था, "दिमाग़ में बहुत से मच्छर घुस जाते हैं। गाँवों में लोग मच्छर भगाने के लिए कंडे जलाते हैं और सिगरेट से मैं दिमाग़ के मच्छर भगाता हूँ।"

लेकिन हमारी पहाड़ की इस विस्फोटक यात्रा के बाद पार्टियों का सिलसिला बन्द हो गया। मैं कभी–कभी कुमार से मिलने ज़रूर जाता था। उन दिनों हमारे शब्दकोश में 'सहानुभूति' शब्द से सबको चिढ़ थी। लेकिन मुझे कुमार के साथ सहानुभूति महसूस होती थी।

"आख़िर प्रोफ़ेसर भटनागर में ऐसा क्या है जो आपके जैसा डिवोटेड हस्बैंड इस तरह से छला गया?"

"डिवोटेड होना ही शायद मेरी ग़लती थी। वैसे मैं तुम्हें यह बता दूँ, भटनागर के साथ उसकी ज़्यादा देर पटेगी नहीं। वह चार बजे एक कन्या के साथ 'लुक बैक इन 'एंगर' पर बौद्धिक बकवास कर रहा होता है और पाँच बजे उसे किसी दूसरी कन्या के साथ पाउल क्ले का कला चिन्तन डिस्कस करना होता है। ही इज़ ए ग्रेट फ्रॉड।"

"यही तो दिक़्क़त है। वह मामूली फ्रॉड नहीं है। ग्रेट फ्रॉड होने के लिए थोड़ा मेहनत करनी पड़ती है। प्रतिभा की ज़रूरत पड़ती है। वह किसी पहुँचे हुए सन्त की तरह सम्मोहित करने वाली बातें करता है!"

अनुराधा उन दिनों मेरे लिए लगभग एक खलनायिका बन गयी थी। विडम्बना यह थी कि उसकी जिस 'बोल्डनेस' ने मुझे इतना प्रभावित किया था उसी ने अन्त में उससे मुझे दूर भी किया। बरेली मुझे भी छोड़ना पड़ा। पाँच साल बाद। दिल्ली ही नियति थी। कुमार बरेली में ही रह गया। वह एक अत्यन्त प्रतिभाशाली मूर्तिशिल्पी था। एक बार दिल्ली में एक अच्छी नौकरी का उसे मौक़ा भी मिला। लेकिन उसने अपना शहर नहीं छोड़ा। वह आज भी वहीं एक सुरक्षित जीवन बिता रहा है। बागवनी के अपने शौक़ को उसने एक आध्यात्मिक आनन्द में बदल दिया है। कुछ साल बाद उसने दुबारा घर बसा लिया था। इस बार घरेलू पत्नी चुनी थी। मूर्तिशिल्पी के रूप में उसने काम लगभग बन्द कर दिया। कॉलेज में पढ़ाता था। वहीं एक सुरक्षित पर

लगभग गुमनाम ज़िन्दगी ने उसकी रचनात्मकता पर क़ब्ज़ा कर लिया। मूर्तिशिल्पी के रूप में उसकी अन्तिम कलाकृति बीस साल पहले सामने आयी थी। बरेली के एक पुराने स्वतन्त्रता सेनानी के निधन के बाद उनके नाम से एक सड़क बनी और उनका एक बुत बीचोबीच चौराहे पर स्थापित किया गया। नगरवासियों के बहुत ज़ोर देने पर कुमार ने यह मूर्ति बना दी थी। आज भी वह वहीं पर है। साल में एकाध बार उसकी सफ़ाई हो जाती है। तब उस मूर्ति को गेंदे के फूलों का हार पहनाया जाता है। कुमार की प्रतिभा की यही करुण कहानी है।

लेकिन अनुराधा कहाँ है? वह तो अपनी प्रतिभा के शिखर पर है। अब तो दिल्ली में भी बहुत कम ही नज़र आती है। मुम्बई में टेलीविज़न के धारावाहिकों की वह अत्यन्त सफल अभिनेत्री है। पर दो दशकों तक वह दिल्ली के रंगमंच पर छायी रही। रानीखेत काण्ड के बाद मैंने उसे दस साल बाद देखा था। 'लुक बैक इन एंगर' देखने गया था। उसमें अनुराधा की भी भूमिका है यह मुझे नहीं पता था। एक दोस्त के पास दो टिकट थे। मुझे भी आग्रह करके ले गया। स्टेज पर अनुराधा को देखकर मैं चकित रह गया। उसके अभिनय में जबरदस्त पैशन था और उतनी ही परेशानी भी। एक बार मन हुआ कि उसे बधाई दूँ। पर हिम्मत नहीं हुई। शायद वह मुझसे बात ही न करे।

दिल्ली में अनुराधा के संघर्ष की कहानी से थोड़ा–बहुत परिचय था। यहाँ के सांस्कृतिक विश्व में धीरे–धीरे मेरी भी एक पहचान बनने लगी। एक प्रतिष्ठित अंग्रेज़ी दैनिक का मैं नियमित लेखक था। कई विषयों पर लिखता था–संस्कृति पर भी और विचार पर भी। राजधानी के 'कॉकटेल सर्किट' की सूची में मेरा नाम भी शामिल हो गया। मैंने शुरुआत अपेक्षाकृत गम्भीर लेखन से की थी। लेकिन धीरे–धीरे अख़बारों में विचार से ज़्यादा सांस्कृतिक अचार महत्त्वपूर्ण हो गया। जिस अख़बार के सम्पादकीय पृष्ठ में कभी रेजी देब्रे, मिलोवान जिलास और गोदार के बारे में छपता था उस पर अब जूही चावला जैसी अभिनेत्रियों के लम्बे इंटरव्यू छपते थे। जिस अभिनेत्री का इंटरव्यू सम्पादकीय पृष्ठ पर छपता था उसकी लगभग

वही बातें मुखपृष्ठ पर 'एंकर' में छपती थीं। कुछ दिन बाद वही बातें एक भड़कीली और उत्तेज़क तस्वीर के साथ कलर सप्लीमेंट के अन्तिम पृष्ठ पर छपती थीं। इतना ही जैसे काफ़ी नहीं था। संडे मैगज़ीन में वही इंटरव्यू थोड़ा कम चटपटी तस्वीर के साथ छपता था। अख़बार टेलीविज़न से मुक़ाबला करते–करते निरन्तर निरर्थक और ख़राब होते जा रहे थे।

कलर सप्लीमेंट में मेरा सांस्कृतिक गपशप का कॉलम मेरी तस्वीर के साथ छपता था। पार्टियों में मेरी माँग थी। एक शाम के कई निमन्त्रण होते थे। कभी किसी अम्बेसडर के यहाँ, कभी किसी पाँच सितारा होटल के मालिक के यहाँ और कभी फ़ैशन डिज़ाइनर के यहाँ मैं अपनी शामें बिताता था। दो दशकों में इस दुनिया को मैंने अभूतपूर्व तेज़ी से बदलते हुए देखा है। एक नाम आज अख़बारों के 'हाई सोसायटी' कॉलमों में छाया हुआ है। हर पार्टी में किसी सुन्दरी के साथ वह शैम्पेन का गिलास लिए खड़ा होता है। कुछ साल पहले वह एक साधारण क्लर्क था। पर आज वह अपने को नये मिलेनियम की सबसे बड़ी प्रतिभा समझता है। इस तरह के किसी अवॉर्ड का भी उसने जुगाड़ कर लिया है।

अनुराधा से जब दुबारा एक लम्बे अन्तराल के बाद सचमुच आमने–सामने मैं मिला, तो 'वैन्यू' एक अम्बेसडर के यहाँ पार्टी थी। एक पार्टीबाज़ महिला ने मेरा परिचय कराने की कोशिश की। हलो, हलो हुई। "इन्हें कौन नहीं जानता।" मैंने कहा।

"अब तो आपको भी सब लोग जानते हैं।" अनुराधा ने अपने गिलास में से ड्रिंक का एक सिप लेते हुए कहा।

मुझे थोड़ा धक्का लगा। मैं उम्मीद करता था कि अनुराधा कहेगी, "अबे, घोंचू, तू नहीं बदला।"

अनुराधा ने मुझसे कुछ नहीं कहा। पर वह बहुत आक्रामक भी नहीं दीख रही थी। पार्टी जब अन्तिम क्षणों में थी, तो बाहर मैं टैक्सी खोज रहा था। अनुराधा ने मुझे अपनी कार में लिफ़्ट दी। तीन पैग पीने के बाद भी वह आराम से गाड़ी चला रही थी। लेकिन अनुराधा

मुझसे अपेक्षाकृत गम्भीरता और आश्चर्यजनक ज़िम्मेदारी के साथ बात कर रही थी। कुमार के बारे में हम लोगों ने कोई बात नहीं की। जब उसने मुझे मेरे घर के सामने छोड़ा, तो मेरा मन यह ज़रूर हुआ कि उससे पूछूँ, ''इलायची नहीं दोगी?''

उसने मुझे अपना विज़िटिंग कार्ड दिया था। रात को जब मुझे नींद नहीं आ रही थी, तो मैंने उसका फ़ोन नम्बर मिलाया। काफ़ी देर उससे बातें हुई। पर सब कुछ औपचारिक था। बल्कि यह सुनकर तो मेरा नशा ही उड़ गया कि मैं उस पर कोई अच्छा–सा आर्टिकल लिख दूँ।

मैं एक 'विद्रोही' अनुराधा से बतियाना चाह रहा था। किसी तरह से मैंने उसे प्रेरित भी किया, ''अनुराधा, तुमने मुझे आज घोंचू भी नहीं कहा।''

अनुराधा ने कोई प्रतिक्रिया नहीं दी। मैंने थोड़ा साहस करके कहा, ''अनुराधा, तुमने मुझे माफ़ कर दिया?''

''किस बात के लिए?''

''मैंने शायद तुम्हें ग़लत समझा था। अब लगता है कि तुम कुमार के साथ बरेली रह जातीं, तो कुछ बड़ा न कर पातीं। एक रिटायर्ड क़िस्म के जीवन में गमले में भिण्डी उगाने की कोशिश कर रही होतीं या कैक्टस। तुम एक अच्छी बीवी तो बन जातीं लेकिन तुम्हारे भीतर का कलाकार मर गया होता।''

''देखो नरेश, मुझे तुमसे मिलकर अच्छा लगा। तुमने 'आप' छोड़ दिया और मुझसे 'तुम' करके बात की यह भी अच्छी बात है। मैं तुम्हारे लिखे को बराबर 'फॉलो' करती रही हूँ। मुझे बस तुमसे एक अच्छा राइट–अप चाहिए। शायद तुम मेरे बारे में सबसे अच्छी तरह से लिख सकते हो। वैसे लिखा तो मेरे बारे में बहुत गया है।''

''अनुराधा, मैं तुम्हारी जीवनी लिख सकता हूँ। तुम्हारे रचनात्मक संघर्ष की पूरी कहानी सामने आनी चाहिए।''

''कौन साला चाहता है कि उसकी पूरी कहानी सामने आये।'' अनुराधा के स्वर में थोड़ी पुरानी झलक मैंने पहचानी।

''जीवनी ईमानदारी से लिखी जानी चाहिए। तथ्यों का वर्णन निर्भय होकर किया जाना चाहिए। अनुराधा, तुम तैयार हो जाओ, तो बेस्टसेलर लिखा जा सकता है।''

''एक शर्त है।''

''क्या!''

''मेरी जीवनी में कुमार का कोई ज़िक्र नहीं होगा। तुम उस चैप्टर को तो ग़ायब ही कर दो। मेरे बचपन के बारे में लिखो, मेरी अभिनय यात्रा पर लिखो।"

''देखो अनुराधा, कुमार का भी तुम्हारे जीवन में महत्त्वपूर्ण रोल है?''

''कौन–सा कुमार? कैसा कुमार? साले, तुम घोंचू ही रहे। मैं एक अभिनेत्री हूँ। मैं रोल करती हूँ। पर मेरे जीवन में किसी का रोल नहीं है।''

मैंने फ़ोन रख दिया। समझ में नहीं आ रहा था कि 'घोंचू' सुनकर धन्य होना चाहिए या नहीं। अन्त में पाठकों को यही संक्षिप्त सूचना देनी है कि एक बड़े प्रकाशक ने मेरी लिखी अनुराधा की जीवनी छापी है। प्रधानमन्त्री को पहली प्रति भेंट की गयी। यह किताब ख़ूब बिकती है। कई समीक्षाएँ छप चुकी हैं। कुमार का इसमें कोई ज़िक्र नहीं है। आख़िर मैं तो कोई अभिनेता नहीं हूँ। मेरे जीवन में अनुराधा का रोल है। मैंने यह मान लिया है कि उसमें कुमार का कोई रोल नहीं था। इतिहास से ग़ायब हो चुके लोगों की कोई भूमिकाएँ नहीं होतीं। वे अपने आध्यात्मिक एकान्त में सिर्फ़ गमले में भिण्डी उगा रहे होते हैं।

लेखिका

वह चालीस साल की थी–अविवाहित, प्रसिद्ध, सुन्दर, सेंसुअस, विदुषी, विद्रोही और न जाने क्या–क्या। वह जस्सी जैसे मोटे चश्मे वाली नहीं थी। इस उम्र में भी जींस पहनती थी। स्मार्ट थी। वह एक जानी–मानी लेखिका थी। कॉलेज में मनोविज्ञान की रीडर थी। और मैं सत्ताईस साल की उम्र में कुण्ठित, विवाहित और एक तीन साल के बच्चे का बाप था। मैं फ्रीलांसर था। समीक्षक के रूप में अपनी पहचान बनाने की कोशिश कर रहा था। मेरी पत्नी स्कूल में गणित पढ़ाती थी और अपने निकम्मे पति की रचनात्मकता के विरुद्ध जैसे कमर कसके कुछ–न–कुछ करती रहती थी। जब मैं फ्रांसीसी संरचनावाद की किसी अति बौद्धिक पुस्तक से जूझ रहा होता था, तो मेरी पत्नी सुधा आलू–प्याज़ लाने के लिए मेरे हाथ में थैला थमा देती थी।

वह लेखिका यानी मनीषा एक पॉश कॉलोनी के फ़्लैट में रहती थी। गाड़ी थी, ड्राइवर था, पुरस्कार थे, बड़ी–बड़ी दावतों के निमन्त्रण थे। जब मैं बी. ए. में था तो उसके पहले कहानी संग्रह ने मुझे बहुत प्रभावित किया था। पर मनीषा से जब मेरी पहली बातचीत फ़ोन पर हुई, तो वह गुस्से में पागल थी।

सुबह सात बजे फ़ोन आया। सुधा पौने सात बजे स्कूल चली जाती थी। मेरी ड्यूटी थी अपने बच्चे मुकुल को 'क्रेच' में पहुँचाने

की। एक घण्टा मैं अख़बार पढ़ता था। फिर मुकुल को 'क्रेच' पहुँचाकर स्वतन्त्र हो जाता था।

मैंने मनीषा के नये कहानी संग्रह की ख़राब समीक्षा लिखी थी। संग्रह आठ साल के बाद आया था। शहर के सबसे अधिक बिकने वाले दैनिक में सिर्फ़ सात दिन में उसकी समीक्षा मैंने कर दी थी। साहित्य सम्पादक को मनीषा से चिढ़ थी। उसने मुझे भड़काया। और मैंने अति बौद्धिक चतुर शब्दजालों का सहारा लेते हुए मनीषा के लेखन को चुका हुआ बता दिया था। उसका लेखन असमय 'मेनोपॉज' का शिकार हो गया है। आदि–आदि।

मुझे क्या पता था कि सुबह–सुबह नाराज़ मनीषा की धाराप्रवाह गालियाँ मुझे सुननी पड़ेंगी। अन्त में जब उसका गुस्सा थोड़ा कम हुआ और उसने कहा, "देखो केशव, मैंने तुम्हारे कुछ लेख पढ़े हैं। तुम जानकार और संवेदनशील हो। पर मैं सोच भी नहीं सकती थी कि तुम उस लुच्चे भण्डारी की डर्टी पॉलिटिक्स का औज़ार बन जाओगे।"

यह सुनते ही मैंने आत्मसमर्पण कर दिया। लगभग मैं रोने लग पड़ा। भावुक हुआ। मैंने बताया कि कैसे अपने विद्यार्थी जीवन में मैं मनीषा जी का फ़ैन था।

"मनीषा कहो, मनीषा। फ्रांसीसी संरचनावाद के विशेषज्ञ को 'जी' नहीं लगाना चाहिए। और शाम को मुझसे मिलो।"

"कहीं आप मेरी पिटाई तो नहीं कर देंगी? सुना है एक बार आपने भण्डारी को चप्पल से मारने की धमकी दी थी?"

"तुम क्या खुद को जूनियर भण्डारी समझते हो? देखो, तुममें प्रतिभा है...सही लोगों के सम्पर्क में रहे तो...।"

मैं और भी भावुक हो गया, "आप मुझे रास्ता बताइए न? मैं बहुत कुण्ठित हो गया हूँ। मेरी बीवी मुझे बिलकुल समझने की कोशिश नहीं करती है। आप मेरे लिए बड़ी बहन जैसी हैं।"...

"लेकिन मैं तुम्हें अपना छोटा भाई नहीं समझ सकती। मेरा कोई भाई नहीं है। मैं किसी को भाई नहीं बनाती।"

''तो क्या मैं आपको अपना दोस्त समझ सकता हूँ। देखिए मैं निहायत शरीफ़ आदमी हूँ।''

''पर मुझे शरीफ़ आदमी बिलकुल नहीं अच्छे लगते। मैंने तुम्हारे लेख पढ़े हैं। मैं जानती हूँ कि तुम एक दुष्ट मगर बहुत प्यारे दोस्त बन सकते हो।''

और उस शाम को राजधानी के एक महँगे रेस्तराँ में मैं मनीषा से मिला। उसने मुझे इतालवी खाने के बारे में कुछ जानकारियाँ दीं। बढ़िया पास्ता खिलाया। रेड वाइन भी पिलायी। ख़ूब बातें हुई। मेरा तो जीवन ही जैसे बदल गया।

मनीषा सुन्दर थी। मैंने उसके फ़ोटो देखे थे। मिला पहली बार था। एक गिलास वाइन ने ही मेरी सारी वर्जनाएँ तोड़ दीं।

''एक पर्सनल सवाल पूछूँ?'' मैं बोला।

''नहीं, बिलकुल नहीं। तुम यही जानना चाहते हो न कि मैंने इतनी ख़ूबसूरत होने के बाद भी अभी तक शादी क्यों नहीं की? नहीं, मैं तुम्हें कुछ नहीं बताऊँगी। यह अलग बात है कि मैं अपनी बहुत पर्सनल चीज़ें भी तुम्हें बताने की हिम्मत रखती हूँ।''

''अच्छा तो अपनी सुन्दरता का राज़ बताइए?'' मैं मुस्कराया। सोचा, वो कहेगी लक्स साबुन या कोई फेयर ऐंड लवली प्रसाधन।

''क्योंकि मैं साबुन का इस्तेमाल नहीं करती हूँ।''

''क्या मतलब?''

''मैं बचपन से ही अपने चेहरे–बल्कि सारे शरीर पर मलाई लगाकर नहाती रही हूँ।''

मेरी हालत ख़राब थी। क्या कहता? मैं अपने आध्यात्मिक गुरु निर्मल वर्मा वाले 'रेड वाइन के आलोक' में रहना चाहता था। पर मनीषा ने बातचीत का ट्रैक ही बदल दिया।

''क्या सचमुच आपने कभी किसी साबुन का इस्तेमाल नहीं किया?''

''हाँ, सचमुच नहीं किया। हालाँकि यह सीक्रेट आज तक मैंने किसी को बताया नहीं था। पता नहीं तुम जैसे धूर्त को पहली ही मुलाक़ात में मैंने इतनी पर्सनल बात क्यों बता दी? पर तुमने कभी

इस सीक्रेट को सार्वजनिक बनाया, तो तुम्हारा मुँह नोच लूँगी। मैं कोमल भी हूँ और खूँखार भी। भण्डारी तो अब सबके सामने किसी भरी सभा में मुझसे पिटेगा। दर्जन भर लेखकों के सामने उसकी धुनाई करूँगी। बास्टर्ड।

उस समय मैं दूसरी ही दुनिया में था। सारी रात मैं एक अजीब तरह के नशे में रहा। एक सुन्दर स्त्री मलाई से नहा रही है। एक विचित्र अनुभव मुझे हुआ। बड़ा रोमांचक अनुभव था। सुधा बुरी तरह से अपनी नींद में थी। फिर भी उसने सुबह मुझसे पहला सवाल यही किया कि कमबख़्त किस लेखिका की याद में तुम रातभर बेचैन थे।

"मैंने एक विचित्र सपना देखा था। एक गणित की बड़ी शुष्क और बोर अध्यापिका नहाते समय अपने चेहरे पर मलाई लगा रही है। एक असम्भव पर दिव्य सपना था।''

सुधा नाराज़ नहीं हुई। स्कूल जाते हुए वह मेरे हाथ में चॉकलेट थमा गयी। और मैं तकिये से सिमटकर अपने सपनों में फिर से डूबने की कोशिश करने लगा। तभी फ़ोन की घण्टी बजी। मनीषा का फ़ोन था। आधे घण्टे की बातचीत हुई। और यह सिलसिला लगभग रोज़ाना की बात हो गया। पर मनीषा अधिकांश समय गम्भीर बातें करती थी। किताबों, कवियों और संगीतकारों के बारे में बातें होती थीं। मैं धीरे–धीरे मलाई से नहाने की फैंटेसी भूलने लगा। पर उस सीक्रेट की जानकारी ने मुझे जैसे मनीषा की 'बौद्धिकता' का भी दूसरा ही विस्तार दे दिया था। उसकी बातों में मुझे बहुत रस आता था। सुधा जब स्कूल में बच्चों को गणित के सवालों के हल न खोज पाने के लिए डाँट रही होती थी, तो मैं फ़ोन पर मनीषा से मज़े–मज़े बतिया रहा होता था। भण्डारी ने मेरी समीक्षाएँ छापना बन्द कर दिया था। पर मैं बिलकुल परेशान नहीं था। मनीषा रोज़–रोज़ मुझे अपने भीतर किसी गुप्त छापेखाने में जैसे प्रकाशित कर रही थी। इस छपाई मशीन की आवाज़ किसी दिव्य संगीत की तरह थी।

हम पन्द्रह दिनों में सिर्फ़ एक बार मिलते थे। अक्सर किसी नये और महँगे रेस्तराँ में। मनीषा को खाने–पीने की बहुत जानकारियाँ

थीं। एक दिन मैक्सिकी भोज का स्वाद लेते हुए मनीषा ने मुझे दूसरा 'शॉक' दिया–

''तुम क्या समझते हो कि मैं अभी तक वर्जिन हूँ?''

''इस बारे में मैंने सोचा नहीं।''

''झूठ मत बोलो। बहुत सोचा है तुमने। बोलो, तुम क्या सोचते हो?''

''कहना मुश्किल है। आपका स्टेटस ऐसा है कि कुछ अटकल लगाना आसान नहीं है। वैसे भी कुछ सीक्रेट न ही पता चलें, तो ठीक है।''

''देखो, मैं अविवाहित हूँ पर स्पिंस्टर नहीं हूँ। और मैं 36 साल की उम्र तक वर्जिन थी। पर मैं मूर्ख थी। और जिस आदमी ने मेरे लिए अपनी पत्नी को छोड़ा उसने मुझसे नहीं किसी और से दूसरी शादी कर ली। बोला कि तुम एक इम्पॉसिबल वाइफ़ साबित होगी।''

''आज आप अपनी इस पर्सनल बात को मुझे क्यों बता रही हैं? शायद मेरी कल्पनाएँ बेहतर थीं। सच्चाई तो कुछ अनयेक्साइटिंग नज़र आ रही है।''

''मैं ख़ुद नहीं जानती कि मैं तुम्हें अपने सारे राज़ क्यों बता रही हूँ। क्या तुम मेरी डायरी पढ़ोगे? दस पोथियाँ हैं। जो मैं छिपाती हूँ वह कुछ और ही है। तुम उन डायरियों को ज़रूर पढ़ो।''

''मैं सच कहूँ? यह बड़ा ज़बरदस्त ऑफ़र है। आप मेरी प्रिय लेखिका हैं। आपके लेखन को मैंने बार–बार पढ़ा है। पर मैं आपकी सीक्रेट लाइफ़ के बारे में जानने के लिए उत्सुक नहीं हूँ। मेरे लिए एक सीक्रेट ही काफ़ी है। मलाई से नहाने का सीक्रेट। चाँदनी रात में जैसे कोई मलाई से नहा रहा हो।''

''मैं जानती हूँ कि तुम दुष्ट हो।''

''नहीं, मैं दुष्ट नहीं हूँ। दुष्ट होता, तो आपके ऑफ़र को ठुकराता नहीं।''

अगली सुबह 'सोबर' मनीषा ने मुझे फ़ोन किया, ''कल रात मैंने तुमसे झूठ बोला था...''

''कौन–सी बात! वर्जिन न होने की बात...''

''नहीं, डायरियों की बात। वे डायरियाँ मैंने कभी लिखी नहीं हैं। वे कभी किसी के हाथ में आ जायेंगी, तो लेखिका का क्या होगा?''

''सच कुछ भी हो। अगर वे डायरियाँ होती भीं, तो मैं शायद उन्हें कभी पढ़ता नहीं। आप उन्हें मेरे पास छोड़ जातीं। मैं उन्हें सँभाल कर रखता। उनकी ख़ुशबू पहचानता। उन्हें अपने तकिये के नीचे रखता। सुधा कभी न जान पाती उन डायरियों के बारे में। तकिये के नीचे उसे कुछ भी न मिलता।''

''क्रिटिक साहब! होश में आइए। आप तो कविता लिखने लग पड़े हैं। एक यंग क्रिटिक मेरे लेखन पर मरे, तो हर्ज़ नहीं। पर मुझसे वह दूर रहे। मुझे देवी न बनाओ, हाड़–मांस की औरत रहने दो। एनीवे, वे डायरियाँ कभी लिखी भी नहीं गयीं। शायद मेरा समस्त लेखन उन डायरियों को छिपाने की एक ताक़तवर कोशिश है। अच्छा एक बात बताओ, अगर तुम मेरे हमउम्र होते, तो क्या मुझसे शादी कर लेते? क्या मैं सचमुच एक डिफ़िकल्ट पार्टनर हूँ?''

''मैं आपसे आज अभी शादी कर सकता हूँ। सुधा एक डिफ़िकल्ट पार्टनर के साथ ही तो रह रही है। पर मुझे डर लगता है कि शादी के बाद शायद आपके 'मिस्टीक' को न बचा पाऊँ। वह बहुत दुखद बात होगी। शायद इस वजह से मैं आपसे शादी न कर पाऊँ। वैसे भी मुझमें सुधा को छोड़ने की हिम्मत नहीं है। मैं कई बड़े लेखकों की तरह ख़ुदगर्ज़ नहीं होना चाहता। एक सुन्दर साथी मिला और पुराने पार्टनर को छोड़ दिया। और यह सब होता भी नयी प्रेरणा के नाम पर है।''

''वाकई तुम दिलचस्प आदमी हो! तुम्हें एक और सीक्रेट बताया जा सकता है...''

''कौन–सा सीक्रेट! बताइए न। सस्पैंस कैसा?''

''देखूँ, तुम्हारी कल्पना कैसी है? तुम्हारे विचार में मैं किस रंग की ब्रा–पैंटी पहनना पसन्द करती हूँ?''

मैं चुप हो गया। उस समय मेरी समीक्षा के सारे सिद्धान्त फेल हो गये। फिर भी किसी तरह हिम्मत जुटाकर बोला, ''ब्लैक...ब्लैक इज़ ब्यूटीफुल।

''नहीं! मुझे सिर्फ़ सफ़ेद रंग पसन्द है। नीचे मैंने और कोई रंग नहीं पहना है। काला रंग तो सिर्फ़ ऊपर है।'' और मनीषा ने धम से फ़ोन रख दिया।

और मैं बेचारा...समीक्षक राजकपूर और यश चोपड़ा की फ़िल्मों की सफ़ेद 'पवित्र' साड़ियों के बारे में सोचता रह गया। स्कूल से आने के बाद सुधा ने मुझे बहुत ख़ुश देखा तो मुस्करायी, ''क्यों, आज क्या मिल गया है क्रिटिक साहब को...''

''नहीं, ऐसी कोई ख़ास बात नहीं...''

''कुछ तो है!''

''मुझे एक टॉपिक सुझा है रिसर्च का। साहित्य और सफ़ेद रंग के रिश्ते के बारे में...''

सुधा खिलखिलायी। पर उस रात, वह कभी नहीं जान पायी कि सफ़ेद रंग कोई पवित्र या 'सोशल कलर' नहीं। वह बहुत–सी चीज़ें नहीं जान पायी। पर वह ख़ुश थी। शायद पहली बार उसने 'अल्जेब्रा' की उपेक्षा की थी और 'ज्योमेट्री' को समझा था। हाई स्कूल के इम्तिहान में मुझे गणित में फर्स्ट क्लास नम्बर मिले थे हालाँकि 'अल्जेब्रा' के चालीस नम्बर में सारे के सारे छोड़ आया था। सिर्फ़ 'ज्योमेट्री' ने मुझे बचाया था। और उस रात मैंने जाना कि सफ़ेद रंग की एक अद्‌भुत ज्यामिति होती है। और अपने प्रिय कवि धूमिल की लिखी पंक्तियों में कहूँ, तो ''उस औरत की बगल में लेटकर मैंने पहली बार जाना कि नंगापन अन्धा होने के ख़िलाफ़ एक सख़्त कार्यवाही है।''

पुराने क़िले में प्यार

"इन दिनों मैं मृत्यु के बारे में सोचती हूँ। अक्सर मुझे अपने पिता की याद आती है। दस साल पहले उनका निधन हुआ था। तब एक झटका ज़रूर लगा था। पर फिर हम सब भाई–बहन ज़िन्दगी में वापस आ गये। और अब मुझे अचानक पिता की बहुत याद आती है। आख़िरी दिनों में वह एक किताबों की दुकान चला रहे थे। अब अक्सर मुझे लाहौर की भी याद आती है। मैंने कभी लाहौर देखा नहीं। सन् 46 में मेरे पिता गुज़रात आ गये थे। गोधरा में आकर छोटा–मोटा बिज़नेस करना शुरू कर दिया। उन्हीं दिनों मेरा जन्म हुआ...।"

"लाहौर में तुम्हारे पिता क्या करते थे?"

"ठीक–ठीक पता नहीं। अब सोचती हूँ कि पिता होते तो उनसे बहुत–सी बातें पूछती। कितनी बातें जाननी हैं अपने घर–परिवार के बारे में, मेरा ख़्याल है वह लाहौर में एक पोस्ट ऑफिस में क्लर्क थे। उन दिनों मोहम्मद रफ़ी रेडियो का अपना चेक भुनाने वहाँ आता था। रफ़ी को चेक के चक्कर में अक्सर अपना गाना भी सुनाना पड़ता था।"

"रफ़ी लाहौर में था?"

"पता नहीं। ठीक–ठीक नहीं जानती। ज़रूर रहा होगा।"

"पोस्ट ऑफिस में चेक?"

"शायद वह बैंक में रहे हों। शायद मेरे पिता इम्पीरियल बैंक में थे।"

"तुम मृत्यु के बारे में क्यों सोचती हो? प्रेम के बारे में क्यों नहीं सोचतीं?"

"ख़ूब। अब मेरी उम्र क्या प्रेम करने की है? जानते हो चालीस की हो जाऊँगी इस साल। तुमसे तो बड़ी हूँ।"

"कितनी बड़ी हो। शायद छह महीने बड़ी होगी। जानती हो मैं उनतालीस का हूँ।"

"चालीस की उम्र प्रेम की तो नहीं होती।"

"तो किस चीज़ की होती है? मारकाट की? बच्चों को बड़ा करने की? टी. वी. पर रात की न्यूज़ वक़्त पर सुनने की? अलार्म लगाकर वक़्त पर सोने की?"

"पता नहीं। पर प्रेम की तो नहीं होती। जब मैं सत्रह की थी, तो अचानक मुझे प्रेम का बुख़ार चढ़ा था। ख़ूब तेज़ बुख़ार। एक आदमी मुझे बहुत अच्छा लगने लगा था। उस आदमी को लोग पसन्द नहीं करते थे। वह पियक्कड़ था। पर मुझे बहुत अच्छा लगता था। मैंने उसे ख़ुश करने के लिए क्या नहीं किया।"

"फिर क्या हुआ? शादी नहीं हो सकी क्या?"

"शादी? वह तो शादीशुदा था। उम्र में भी काफ़ी बड़ा, पर उन दिनों वह मुझे अच्छा लगता था। उसके साथ ख़ूब बातें भी होती थीं। वह हमेशा 'सोबर' तो नहीं होता था। पर जब होता था, तो ख़ूब होता था। हम लोगों ने एक कल्पना के शहर जाने की सोच ली थी कि कभी वहाँ जायेंगे।"

"कौन–सा शहर था यह?"

"छोड़ो। सुनोगे, तो हँसोगे।"

"नहीं, किशोरी, इस क़िले में आकर हँसने का मन तो करता है पर बिना वजह किसी बात पर हँसने का मन नहीं करता।"

"वह शहर द्वारका था।"

"तो फिर वहाँ गये क्यों नहीं? यह सपना कोई मुश्किल सपना तो नहीं था?"

"सोचती हूँ कि कभी वहाँ जाऊँगी। वहाँ वह आदमी मुझे मिलेगा। पर मैं सोचती तो बहुत कुछ हूँ। लाहौर जाने की भी सोचती हूँ।"

"किशोरी, पिछले साल मैंने किसी अख़बार में पढ़ा था कि द्वारका में पानी की बड़ी किल्लत है।"

"होगी। पर हम जब वहाँ होंगे, तो वहाँ ख़ूब पानी भी होगा। लगता है, प्रेम के बारे में तुम कुछ नहीं जानते, विनायक?"

"इस क़िले में तुम्हारे साथ आकर तो यही लग रहा है। शायद तुम ठीक कह रही हो। मैं प्रेम के बारे में इस उम्र में भी कुछ नहीं जानता।"

"फ़िक्र क्यों करते हो। मैं चालीस की हूँ। मैं भी कुछ नहीं जानती। औरतों को हर चीज़ मर्द से थोड़ा जल्दी पता चलनी चाहिए।"

"मैं तुम्हारी गोदी में सर रख सकता हूँ? सूखी टहनियों और घास में इस तरह से हम कब तक अलग–अलग पड़े रहेंगे।"

"सर रख लो। पर मुझे अब कुछ महसूस नहीं होता। मैंने कहा न, अक्सर इन दिनों मैं मृत्यु के बारे में सोचती रहती हूँ। अजीब–अजीब चीज़ों के बारे में।"

"प्रेम भी तो एक अजीब चीज़ है, किशोरी।"

"तुम्हारे लिए होगा। तुम्हें पता है विनायक, कि मेरी दादी बहुत ख़ूबसूरत थी? लम्बी, गोरी–चिट्टी। बुढ़ापे में भी एलीगेंट लगती थी।"

"यहाँ पर दादी कहाँ से आ गयी।"

"प्रेम के चक्कर में। तुम जानते हो कि मेरे दादा ख़ूबसूरत नहीं थे। पर बड़े शौक़ीन थे। लोग कहते हैं कि जब मेरे पिता की शादी हुई, तो बारात तीन दिन तक मेरी माँ के गाँव आकर मौज–मस्ती करती रही। कई कंजरियाँ लेकर आये थे मेरे दादा।"

"पर इन सब चीज़ों का प्रेम से क्या रिश्ता है?"

"है न, बड़ा गहरा रिश्ता है। मैंने कहा न, मेरी दादी सुन्दर थी। बारह–तेरह साल की उम्र में उसकी शादी हो गयी। दादा थे फक्कड़ और बदसूरत। गाँववालों में वह 'काले बामन' के नाम से मशहूर थे। सोलह साल की जब उनकी उम्र थी, तो एक दुपहर अचानक वह मर गये...।"

"क्या कह रही हो तुम, किशोरी! तो तुम कैसे पैदा हुईं? बचपन में एक बार सौ साल के बूढ़े की शवयात्रा मैंने देखी थी। बच्चे–पोते–नाच गा रहे थे: बाबाज़ी, तुम जन्म लेते ही मर क्यों न गये...?"

"यह सच बात है विनायक। दादा थोड़ी देर के लिए मर गये थे। घरवालों ने उन्हें चारपायी से नीचे उतारकर रख दिया। रोना–पीटना शुरू हो गया। पर जानते हो विनायक, यह सब देखकर दादी बड़ी ख़ुश हुई। उसने सोचा चलो इस काले बामन से छुट्टी मिली। वह मन–ही–मन ख़ुश थी। हाँ, उसने मुझे एक बार ख़ुद यह बात बतायी थी...सब रो रहे थे। पर वह ख़ुश थी।"

"तो तुम्हारे दादा ज़िन्दा कैसे हुए?"

"अचानक वह उठ खड़े हुए। बोले, 'ले गये थे वे मुझे यमराज के दरबार में। पर यमराज घबड़ा गया। चिल्लाया अपने दूतों पर–अरे, ले जाओ इसे कमबख़्तो, यह तो तुम लोग दूसरा सन्तराम उठा लाये। इसको तो अभी जीना है।' और फिर ख़ूब जिये हमारे दादाजी। सत्तर से ज़्यादा जिये, दादी को भी लम्बी उम्र मिली। बच्चे पैदा हुए। पर दोनों में प्रेम कभी नहीं हुआ। साथ भी बस कभी–कभार रहे। दादी घर में सोती थी, दादा दुकान में।"

"बड़ा अजीब रिश्ता था।"

"हाँ, था तो अजीब। दादा फक्कड़ थे। मस्त। शायद दादी को प्यार भी करने लगे थे। दरअसल वह एक करेक्टर थे। बच्चों की कोई परवाह नहीं की। बेटा बड़ा हो गया, बैंक में लग गया, तो अचानक गाँव से दादा जी एक दिन के लिए शहर पहुँच गये। बल्कि कुछ घण्टों के लिए। सीधे बैंक में पहुँचे। देखा, लड़का नोटों की गड्डियाँ गिन रहा है। बस दादा ने तभी से ज़िद पकड़ ली। यह लड़का तो मुझे डेढ़ लाख रुपये देगा। भला इसके पास पैसों की कोई कमी है!"

"सनकी रहे होंगे, तुम्हारे दादा।"

"सीधे–सादे लोग विनायक, प्यार नहीं कर पाते। वे प्यार जैसा कुछ करते हैं। पता नहीं वह क्या होता है–प्यार नहीं होता।"

"पता नहीं मैं कितना सनकी हूँ, किशोरी। पर तुम्हारे साथ रहकर मैंने पहली बार जाना है कि क़िले में प्यार क्या होता है। खुले में प्यार क्या होता है!"

"मैं समझी नहीं।"

"प्रेम करने की जिसे उम्र कहते हैं उन दिनों मैं दबे–छिपे मिलने को ही प्रेम समझता था। मैंने कभी नहीं जाना कि प्रेम तो खुले आसमान के नीचे होता है। पुराने क़िले में होता है। जब पुरानी चीज़ें याद आती हैं। आसमान का जब नया रंग दीखता है। बादलों में जब पुरखों के चेहरे नज़र आते हैं।"

"तुम तो कविता कहने लगे विनायक। पर अब मुझे प्रेम से डर लगता है। मैं ख़ूब डरने लगी हूँ प्रेम से। मैं जानती हूँ कि शायद मैं कभी भी द्वारका नहीं जा पाऊँगी।"

"किशोरी, तुम डरती क्यों हो प्रेम से। तुममें तो प्रेम करने की इतनी ताक़त है। तुम मुझे अपनी गोद में छुपा लो। मैं औंधा पड़ा रहूँगा। आसमान बहुत देख लिया। अब उसके बारे में सोचना चाहता हूँ। मैं तुरन्त यहीं तुम्हारे साथ सोना चाहता हूँ।"

"इसीलिए तो मैं डर रही हूँ। एक अजीब–सी दुनिया को जलते–दहकते हुए देखा है मैंने पिछले कुछ सालों में। मैं शायद अब प्रेम के क़ाबिल नहीं रह गयी हूँ। मैं बच्चा पैदा करना चाहती थी। लगता है कि सब चीज़ें मुश्किल हो चुकी हैं, असम्भव।"

"तुमने चैप्लिन की फ़िल्में देखी हैं, किशोरी? तुमने तोल्स्तोय की जीवनी पढ़ी है? बुढ़ापे में भी ये लोग प्रेम करने के क़ाबिल कैसे बने रहे।"

"देखो विनायक, मैं मृत्यु को लेकर सोचती रही हूँ। शायद पिछले पाँच साल से। मैं अपने बाल नहीं सँवारती। ढंग से कपड़े नहीं पहनती। एक दिन मैंने सोचा कि 'एलीगेंट' बना जाये, मैंने कुछ ढंग के कपड़े बनवाये। बालों को शैम्पू किया। और फिर शीशे के सामने जाकर खड़ी हो गयी। अचानक मैं घबड़ाने लगी। करीब–करीब चीख़ने का मन हुआ। फिर मैं दौड़ी...बहुत तेज़ दौड़ी। और चली आयी। बहुत

दूर चली आयी। मैं प्रेम से भाग रही थी। प्रेम के पास आने के लिए। मैं दौड़ती रही। अचानक मैंने अपने आपको पाया...।''

''कहाँ, किशोरी? कहाँ?''

''एक बहुत पुराने क़िले में, विनायक। खुले आसमान के नीचे। तुम्हारी बाँहों में।''

मेरी उम्र बीस साल है

गर्मियों की उस दोपहर में थोड़ी–बहुत लू भी चलनी शुरू हो चुकी थी। केशव उस बड़ी कॉलोनी के आख़िरी बस स्टॉप पर उतरा। ड्राइवर और बस कंडक्टर अपने सिर पर बँधे साफ़ों को कसते हुए ढाबे में घुस गये जहाँ वे शायद चाय पियेंगे। केशव को उस धूप में थोड़ा ही भटकना पड़ा। एक बँगलानुमा मकान के बाहर खड़ी मोटर से उसने घर को पहचान लिया। इस मोटर को उसने कई बार विश्वविद्यालय में देखा था। डॉक्टर शिवनारायण सक्सेना अपनी इस छोटी कार में अक्सर उसे दिख जाते थे। शहर के बड़े बाज़ार, सिनेमाघर, किताबों की दुकान, हनुमान मन्दिर के बगल वाली खाली जगह–कई जगहों पर केशव को वह कार दिखती थी।

डॉक्टर सक्सेना का वह कभी छात्र नहीं रहा था। पर उनका नाम काफ़ी था। कई किताबें विदेश में छपी थीं। समाजशास्त्र के कई गूढ़ विषयों पर उन्होंने विस्तृत लेख लिखे थे।

केशव की पहचान डॉक्टर सक्सेना के बेटे प्रतापनारायण से थी। बी. ए. में दोनों का सिर्फ़ एक विषय समान था, 'समाजकार्य' पर हफ़्ते में दो बार शाम को एन. सी. सी. की आवश्यक परेड में उसे प्रताप से मिलना पड़ता था। बड़ा तेज़ लड़का था–चुस्त, इस्त्री की हुई कलफ़ से अकड़ी पोशाक़, पॉलिश से चमकते जूते। अण्डर–ऑफ़िसर

था। केशव के लिए एन. सी. सी. की परेड आफ़त थी। पहले ही दिन एक जान–पहचान के डॉक्टर का प्रमाण–पत्र लेकर वह पहुँचा था। पर उन दिनों बड़ी सख़्ती थी। कई लड़के इस तरह के प्रमाण–पत्र लिए घूम रहे थे। बन्दूक़ पर निशाना लगाना सीखते हुए केशव जब झाड़ियों पर किसी तरह से लेटा हुआ अपनी हास्यास्पद क़िस्म की कोशिश कर रहा होता था, तो उस 'जवान' ने कई बार पीछे जूतों पर किसी बेरहम गाली के साथ उसे धक्का दिया। बाद में केक और चाय के वक़्त पर प्रताप ने बड़ी ज़ोर से उसके कन्धे पर धौल जमायी, ''अमाँ यार, कुछ खाते–पीते नहीं क्या!''

उन्हीं दिनों प्रताप से केशव की दोस्ती हुई। प्रताप जिस तरह के घर का लड़का था–और चेहरे, बदन में भी वह कुछ कम नहीं था–उस तरह के लड़के लोकप्रिय हो ही जाते हैं। केशव के पास अक्सर वह सिगरेट–पान के लिए आता था, ''यार, सिगरेट पिलाओ। बाप तो साला बड़ी कंजूसी दिखाता है। इतना कम पॉकेट ख़र्च...''

केशव को भी घर से ज़्यादा पैसे नहीं मिलते थे, पर प्रताप को अक्सर वह 'एंटरटेन' करता रहता था। परेड से वह बहुत घबराता था और परेड़ की ज़िम्मेदारी प्रताप की ही थी। केशव की रुचि साहित्यिक क़िस्म की थी। (प्रताप उसे लेखकजी कहा करता था।) प्रताप ने एक दिन उसे एक हिन्दी का पुराना छपा उपन्यास लाकर दिया। दीमक से किसी तरह उस उपन्यास को बचाया जा सका था। पुरानी किताबें केशव को बहुत भाती थीं। वह उपन्यास 1936 का छपा था।

''सिर्फ़ एक रुपया!'' प्रताप ने किसी कबाड़ बेचने वाले की तरह कहा, ''बाप के किसी काम का तो है नहीं!''

''उन्हें कभी ज़रूरत पड़ी, तो!'' केशव को संकोच हुआ।

''अमाँ, यह तो रद्दी हो चुका है। सड़ रहा है पड़ा–पड़ा। सोचा तुम्हारे काम आयेगा।''

''क्या और भी किताबें हैं?''

''हाँ, हैं तो पर कभी–कभी ही उड़ा सकता हूँ। तुम तो जानते ही हो।''

केशव की यह यात्रा इन्हीं किताबों के सिलसिले में थी। मई के अन्तिम दिन थे। डॉक्टर सक्सेना कहीं इम्तिहान लेने के सिलसिले में दो दिन के लिए गोरखपुर चले गये थे। प्रताप ने केशव से कहा था कि दिन के वक़्त कभी आ जाना। माँ भी सो रही होती हैं। कुछ पसन्द की किताबें छाँट लेना।

प्रताप की माँ ने दरवाज़ा खोला। अधेड़ उम्र की एक साधारण ग्रामीण क़िस्म की स्त्री। ''बैठो, भइया अभी आ रहे हैं।'' वे चली गयीं। केशव जहाँ बैठा था दरअसल वह बैठक नहीं थी। बरामदे के एक हिस्से को बैठक बना दिया गया था। दो–चार पुरानी, पर मज़बूत लकड़ी की कुर्सियाँ रखी हुई थीं। शायद इस जगह का इस्तेमाल एक ख़ास तरह का इन्तज़ार करने वाले लोगों के द्वारा ही होता था–विद्यार्थियों, शोध–छात्रों और छोटे–मोटे प्रकाशकों के द्वारा। प्रताप उसे बता ही चुका था कि अव्वल तो उसके दोस्त हैं ही नहीं और ''तुम जैसे दो–चार हैं भी, उन्हें घर बुलाने की ज़रूरत नहीं पड़ती।''

सामने दीवार पर डॉक्टर सक्सेना की एक पुरानी तस्वीर लगी हुई थी, शायद उन दिनों की जब वे अमेरिका में पढ़ रहे थे। किसी आलीशान इमारत के सामने सूट–बूट में एक पक्के 'स्कॉलर' की मुद्रा में खड़े होकर उन्होंने तस्वीर खिंचवाई थी। केशव को मालूम था कि डॉक्टर सक्सेना ने लगभग ग़रीबी की हालत में अपनी पढ़ाई पूरी की थी। विदेश में तमाम ऐसे काम किये थे जिनकी चर्चा प्रताप को आज बहुत अच्छी नहीं लगती। ''बुड्ढा अक्सर लेक्चर झाड़ता रहता है, तुम मोटर से यूनिवर्सिटी जाने की क्यों सोचते हो। साइकिल से जाया करो। अपने ज़माने में मुझे तो मीलों पैदल चलना पड़ता था।'' अब कौन बताये बुड्ढे को, छोकरियाँ पटती कहाँ है इस फटेहाल हालत में।

केशव को यह बात कभी समझ नहीं आयी कि प्रताप इतना 'स्मार्ट' होने के बावजूद लड़कियों के मामले में ख़ूब सफल क्यों नहीं है! दो–चार लड़कियाँ उसके सामने ही उसे 'डिच' कर चुकी थीं। विश्वविद्यालय के शोधछात्रों के लिए बनी कैंटीन में जब केशव एक लड़की के साथ कभी–कभार बैठने लगा तो प्रताप की 'स्मार्टनेस'

को यह एक बड़ा ज़बरदस्त धक्का था। केशव की दोस्त एक औसत क़िस्म की महिलाविद्यालय मार्का लड़की थी जिसने दरअसल केशव के 'भीतर के बड़े लेखक को पहचानकर' यह दोस्ती नहीं शुरू की थी। 'अनारकली' के दर्दभरे गाने सुनने–सुनाने वाला उनका प्रेम अपनी ख़ास शैली में आगे घिसट रहा था। कोई ख़ास बड़ी घटना होती नहीं थी, पर प्रताप का उतावलापन हर छोटी चीज़ को इतना बड़ा बना देता था कि केशव भी एक–से–एक मूर्खतापूर्ण घटनाओं' में धँसने लगा। केशव और उसकी दोस्त जहाँ चाय पीते थे वहाँ कायदे से वे बैठने के हकदार नहीं थे। पर कैंटीन चलाने वाला शिवनाथ पाण्डेय हमेशा केशव को शोधछात्र समझकर 'डॉक्टर साहब' के नाम से ही बुलाता था और प्रताप तो ख़ैर एक सचमुच के बड़े नामी डॉक्टर साहब का इकलौता साहबज़ादा था। सब यह मानकर चल रहे थे, प्रतापनारायण सक्सेना एक दिन इस विश्वविद्यालय में प्रवक्ता होंगे–रीडर, प्राध्यापक, विभागाध्यक्ष...सब कुछ होंगे। शिक्षा उनके ख़ून में है।

और यह कोई ग़लत बात नहीं थी। गणेश पुस्तक भण्डार से इसी जुलाई में प्रतापनारायण की तैयार की हुई दो पुस्तकें एक साथ आने वाली थीं। वे पुस्तकें बी. ए. के छात्र बहुत उपयोगी पायेंगे। सारे सवाल–जवाब बढ़िया अंग्रेज़ी के लच्छेदार उदाहरणों से लैस। दुरखीम ने आत्महत्या के फलाँ सिद्धान्त को बताया और बेबर के 'वैल्यू–रैशनल' की बात करते हुए नीत्शे को फलाँ सन्दर्भ में रखा, आदि–आदि।

केशव के लिए 'सुधा उससे प्रेम करती है या नहीं' से अधिक बड़ी और पेचीदा 'मिस्ट्री' यह थी कि प्रताप किस वक़्त और किस तरह से फुलस्केप के ढेरों काग़ज़ अपनी साफ़ लिखावट से रँग देता है! यह तो तय था कि प्रताप मेहनत बहुत करता होगा। चार जगहों से टीपकर किताब तैयार करने के लिए भी आख़िर दिमाग़ और कड़ी मेहनत की ज़रूरत है। गणेश पुस्तक भण्डार के मालिक की सूझ भी कम नहीं थी। प्रतापनारायण की पुस्तक सिर्फ़ उसके नाम से ही छपने वाली नहीं थी। डॉ. राजकिशोर का नाम ऊपर जाना था ("साला बिना कुछ किये नाम–पैसा लूट रहा है। यहाँ रात–रात भर

मेज़ पर बैठे रगड़ते हैं।'') डॉ. राजकिशोर एक कॉलेज में पढ़ा रहे थे। अभी पिछले ही साल डॉ. सक्सेना के निर्देशन में उन्होंने अपनी पी. एच.डी. पूरी की थी।

डॉक्टर सक्सेना को, ज़ाहिर है कि यह सब पसन्द नहीं था। गणेशीलाल उनके बेटे को 'एक्सप्लॉयट' कर रहा है, यह बात वे ख़ूब समझते थे। पर उन्हें अब यह मालूम पड़ गया था कि प्रताप एक तो अंग्रेज़ी में कमज़ोर है, कोलम्बिया वग़ैरह जा नहीं पायेगा। दूसरे, अब इस देश में कुछ उम्मीद करना बेकार है। प्रताप सब कुछ अपने आप समझ–सीख रहा है। राजकिशोर ने जिस तरह से अपनी थीसिस के आँकड़े प्रताप से इकट्ठे करवाये थे, उससे डॉक्टर सक्सेना ख़ूब वाक़िफ़ थे। पर वे राजकिशोर को अपने बेटे की तरह मानते थे। कई बार उसकी फ़ीस उन्होंने अपनी जेब से दी थी। और अब तो पिछले कई वर्षों से डॉक्टर सक्सेना के कई महत्त्वपूर्ण परचे राजकिशोर ने ही तैयार किये थे।

''कहो, घोंचू। बोर हो गये क्या?'' प्रताप के हाथ में ठण्डे शरबत का गिलास था। केशव पहले गटाक से उसे पी गया। फिर बोला, ''अम्मा जी कहाँ हैं?''

''सो रही हैं। बेफ़िक्र रहो। वैसे भी अम्मा बड़ी सीधी हैं। खुर्राट तो साला बाप है! डॉक्टर सक्सेना द ग्रेट!''

केशव डॉक्टर सक्सेना की 'स्टडी' देखने के लिए उत्सुक था। चारों तरफ़ लगभग छत तक किताबों से ठुँसी हुई अलमारियों में उसे बड़ा अच्छा लगा। एक तरफ़ की खाली दीवार पर कुछ प्रमाण–पत्र, डिग्रियाँ और कुछ फ़ोटो टँगे हुए थे। एक फ़ोटो बाबू राजेन्द्र प्रसाद के साथ था।

केशव एक आध्यात्मिक क़िस्म के आनन्द में धूल और काग़ज़ की गन्ध को महसूस करते हुए किताबें उलट–पलट रहा था। प्रताप केशव के साथ सुधा के सम्बन्धों के कुछ रहस्य जानने के लिए उत्सुक था।

मेज़ के साथ वाली घूमने वाली कुर्सी में टाँग फैलाये वह पसरा हुआ था। लेकिन केशव था कि सुधा के बारे में किसी बातचीत के लिए तैयार नहीं था। उसके ज़्यादातर सवाल डॉ. सक्सेना की ज़िन्दगी के बारे में थे।

''छोड़ो यार, बुड्ढा जब यहाँ नहीं है, तो क्यों बार–बार उसकी याद दिला रहे हो!''

''क्यों, तुम्हें अपने फादर की ज़िन्दगी अच्छी नहीं लगती? वैसा कैरियर...''

''तुम बिलकुल भी 'प्रैक्टिकल' नहीं नज़र आते हो। बाप वाला ज़माना आज़ादी के साथ ही चला गया। मत भूलो मेरी पैदाइश सैंतालीस की है। आयी एम ट्वेंटी जनरेशन...मियाँ यह मत भूलो कि आज 1967 है...''

''पर तुम लकी हो...कुछ भी कहो...''

''क्या ख़ाक 'लकी' हूँ। बाप ने ऊँचे आदर्शों वाली ज़िन्दगी शुरू की थी। अमरीकी विश्वविद्यालय की पी.एच.डी...शुरू के दिनों का संघर्ष...पर धीरे–धीरे क्या ज़िन्दगी हो गयी है उनकी! कुछ पता है...''

''तुम नहीं जानते कि तुम कितने लकी हो प्रताप...'' केशव रिकॉर्डप्लेयर पर रखे रिकॉर्डों के ढेर को देखने लगा। बड़े पुराने रिकॉर्ड। ज़्यादातर विदेशी संगीत के। तीस के दशक के, लेकिन शायद उनका इस्तेमाल बहुत कम हुआ था या फिर बड़ी सावधानी से उन्हें सुना जाता रहा। केशव के पास कोई 'प्लेयर' नहीं था। फिर भी जाने क्या सोचकर वह बोला, ''सुनो प्रताप, इनमें से एक रिकॉर्ड मुझे दे दो...''

''छोड़ो यार, किन चक्करों में फँस गये हो।''

''एक रिकॉर्ड दे दो। मुफ़्त में नहीं लूँगा। पैसे दूँगा। अभी, बिलकुल अभी पैसे दूँगा।''

''वाह! यह कोई दुकान थोड़े ही है। बाप को इन सबकी ख़ूब याद है। इधर–उधर होने पर चुप नहीं रहेंगे। कुटम्मस होगी।''

''अच्छा, तो किताबें कौन–सी दोगे?''

प्रताप इस बार बड़ी ज़ोर से हँसा। बहुत देर तक हँसता रहा। केशव को थोड़ा अजीब लगा।

"तुम तो यार सचमुच मुझे किसी पुराने कबाड़ बेचने वाले में बदल दोगे। दो–चार किताबें तुम्हें यों ही मुफ़्त में दे दूँगा? वृन्दावनलाल वर्मा का पुराना उपन्यास है। थोड़ी–सी बाइंडिंग ख़राब है। बस, एक पिक्चर दिखा देना। कनसेशन के बाद सिर्फ़ डेढ़ रुपये का ख़र्च है..."

इसी बीच बाहर कोई आ गया। प्रताप बाहर चला आया। कुछ किताबें थमा गया केशव के हाथ में। वृन्दावनलाल वर्मा का एक उपन्यास था जिस पर उन्होंने हाथ से लिख रखा था। डॉक्टर सक्सेना को कभी वह प्रति उन्होंने ख़ुद भेंट की थी। उस ढेर में प्रसाद की 'कामायनी' का पहला संस्करण भी था।

"भैया क्या किसी से बाहर बात कर रहे हैं?" प्रताप की माँ थी।

"हाँ शायद...शायद कोई आया हुआ है।"

"तुम क्या भैया के साथ पढ़ते हो?"

"बस, एक क्लास साथ है। पर हमारा साथ काफ़ी रहता है।"

"आगे क्या करने की सोची है? भैया तो लगता है पढ़ने–लिखने के चक्कर में ही फँसे रहना चाहते हैं। डॉक्टर साहब ने तो अपनी सारी ज़िन्दगी इसी में लगा दी। हर वक़्त पढ़ाई...किताबें..."

"हाँ, यह तो है ही। प्रताप को तो कम्पटीशन में बैठना चाहिए।"

"हाँ, पढ़ाने वालों की अब इज़्ज़त कहाँ है। सामने सिर पर जूते मारते हैं।"

"नहीं... वैसे भी..." केशव कुछ कहना चाहता था, रुक गया। फिर उसे लगा कि वह शायद कुछ नहीं कहना चाह रहा है। वह शायद चीज़ों के प्रति ज़रूरत से ज़्यादा निर्मम हो रहा है। पर उसे हमेशा लगता था कि 'टीचिंग प्रोफ़ेशन' के लायक तो वह भी नहीं है। हालाँकि जिस काम को सबसे अधिक 'आत्मीय' होकर वह कर सकता है वह शायद 'अध्यापकी' ही है। केशव आलमारी की किताबें इधर–उधर पलटने लगा। इस बीच प्रताप की माँ चली गयीं। प्रताप थोड़ी देर बाद आया। चेहरे पर एक अनोखी चमक थी।

''एक साहब थोड़ा चैलेजिंग काम देना चाह रहे हैं...''

''क्या भई...क्या चैलेंज आ गया?'' केशव थोड़ा मुस्कराया।

''एक हफ़्ते के वक़्त में एक छात्रोपयोगी किताब लिखवाना चाहते हैं। वह भी अर्थशास्त्र पर। अब तुम ही बताओ, कैसे हाँ कर दी जाये...''

''हाँ तो तुमने कर दी होगी। मैं तो मानता हूँ कि तुम एक किताब गणित पर भी तैयार कर सकते हो।''

''दो सौ रुपया एडवांस दे गये हैं। बड़ी मेहनत करनी होगी। असल में यार, ख़ून में यही चीज़ तो ठीक मिली है।''

केशव समझ नहीं पाया कि प्रताप कितनी गम्भीरता और कितने मज़ाक़ में बोल रहा है। प्रताप अपने उत्साह में बोले चला जा रहा था, ''देखो भाई, हम तो जनसेवा कर रहे हैं। किसके पास फुरसत है कि साला ओरिजनल से जाकर टकराये! स्टूडेंट को तो मैटर चाहिए और मैं उन्हें मैटर दूँगा...''

अब केशव भी हँसने लगा, ''चलो प्रताप, मैटिनी शो देखा जाये। फिर जमकर रबड़ी खायी जाये। इस साली स्कॉलरशिप से बड़ा बोर हो गया हूँ।''

''साले घोंचू, सुधाजी के साथ तो बड़ी रोमांटिक जगहों में एस्प्रैसो पी जाती है। हम रबड़ी खाने लायक है।'' प्रताप बहुत मूड में था। जेब में पड़े कड़क नोट शायद इसका कारण हों। मैटिनी शो के लिए भी अब वह उत्सुक नहीं दिख रहा था। लाइब्रेरी जैसी किसी जगह पर जाने की असम्भव बात कर रहा था।

''भई, मानना पड़ेगा। ग़ज़ब का स्टैमिना है तुममें।'' केशव को ध्यान आया कि इतनी धूप में इस घर में तो वह एक 'बड़े व्यापार' के उद्देश्य से आया है। उसने अपनी जेब से पर्स निकाला। दस–दस के पाँच नये नोट देखकर प्रताप चकित था।

रात को केशव को नींद नहीं आयी। काफ़ी घुमाई हुई थी। 'कॉफ़ी हाउस' में रमाप्रसाद जी मिल गये थे। कह रहे थे, ''कल दिन में

ढाई बजे रेडियो स्टेशन आ जाओ। कुछ लड़के एक इंटरव्यू के लिए इकट्ठा हो रहे हैं। 'मैं बीस साल का हूँ' विषय पर एक संवाद है।''

केशव ने हाँ कह दी थी। पर उसे कहना क्या है?

केशव कुछ बेचैन था। कई बार उठकर सुराही का ठण्डा पानी उसने पिया। माँ ने उससे कहा भी, ''किस चिन्ता में डूबे हो?'' अक्सर वे केशव को किसी सोच में पड़ा देखकर चिन्तित हो जाती हैं।

रात के करीब ढाई बजे केशव छत का बिस्तर छोड़कर कमरे में चला गया। लैम्प जलायी। मेज़ पर छोटे भाई मुन्नू की किताबें पड़ी थीं। कुछ छोटे–छोटे काग़ज़ों पर बड़ी मेहनत से उसने संस्कृत के कुछ रूप उतारे थे। केशव थोड़ा मुस्कराया। फिर वह उन चीज़ों को दुबारा बड़े ग़ौर से देखने लगा जो आज की 'लूट' में उसे मिली थीं।

एक रिकॉर्ड, एक किताब और एक पत्रिका थी। रिकॉर्ड केशव ने सुना नहीं था (कभी सुनेगा)। किताब पर बर्टेंड रसेल के हस्ताक्षर हैं। केशव ने कई बार उन्हें ग़ौर से देखा। पत्रिका 'चाँद' का 'फाँसी अंक' थी। गत्ते की जिल्द में बड़े सहेजकर उसे रखा गया था।

न जाने कब केशव को नींद आ गयी।

लड़ाई

लगातार बारिश हो रही है। मैं लॉड्र्स के मैदान के गेट पर खड़ा था। उससे पहले छतरी लिए सड़कों में घूमता रहा था। अचानक एक टैक्सी आकर रुकी। उसमें बिल था। कभी हम दोनों एक ही काउंटी की तरफ़ से खेलते थे। बिल दुनिया के बेहतरीन हरफ़नमौला खिलाड़ियों में गिना जाता था। उसने मेरे कन्धों पर हाथ रखा, 'ओल्ड मैन, तुम रिटायर कब होगे?''

हमने बाहर सड़क के ही रेस्तराँ में चाय के दो बड़े–बड़े कप लिए। मैंने अभी तक बिल को जवाब नहीं दिया था। मैं अपने में ही खोया हुआ था। अचानक मैंने बिल को बहुत ध्यान से देखा। देखता रहा। फिर कहा, ''बिल, तुम महाभारत के बारे में कुछ जानते हो?''

''ज़्यादा नहीं। बहुत थोड़ा। न के बराबर।''

''तुम कुछ नहीं जानते बिल। हम सब लोग जो इस मैच के लिए यहाँ इकट्ठा हैं–हम सभी महाभारत के पात्र हैं। कम–से–कम मुझे वे इस तरह नज़र आ रहे हैं। हममें से कोई हज़ार साल भी जी सकता है। कोई सौ बच्चे पैदा कर सकता है। कोई सूर्य से सन्तान पैदा कर सकता है।''

बिल मेरी बात सुनकर मुस्कराया, ''तो तुम हज़ार साल तक क्रिकेट खेलोगे? कितनी उम्र है तुम्हारी, रूपसिंह?''

''सिर्फ़ बयालीस साल। मेरे सब साथी रिटायर हो चुके हैं। लोग उन्हें भूल चुके हैं। आज के नये बच्चे उनके बारे में ज़्यादा नहीं जानते हैं!''

''तो ओल्ड मैन, तुम्हारा रिटायर होने का कोई इरादा नहीं है। कितने रिकॉर्ड अभी और तोड़ोगे?''

''मुझे पता नहीं। पर अभी मुझे इस मैदान से निपटना है, इस मैदान से मुठभेड़ अभी बाक़ी है।'' मैंने लॉड्र्स के भव्य दरवाज़े की ओर इशारा किया। हल्की बारिश अभी चल रही थी।

बिल हँसा। इस मैदान पर उसने न जाने कितने करिश्मे दिखाए थे। लॉड्र्स उसके लिए कोई समस्या नहीं था। ''तो फिर क्या होगा यहाँ कुछ करने के बाद? तुम क्या रिटायर हो जाओगे?''

''मैं अभी कुछ कह नहीं सकता, बिल। मैं अभी कुछ नहीं जानता। यह कमबख़्त बारिश अभी कब तक चलेगी? कल मुझे उतरना है इस मैदान पर। महाभारत के योद्धा की तरह। मैं कई रातों से सो नहीं पा रहा हूँ, बिल। मुझे अजीब–अजीब सपने आते हैं। वे डरावने नहीं होते। न लुभावने। अजीब सपने होते हैं।''

''तो ओल्ड मैन, तुम्हें क्या सपने में लॉड्र्स के दरवाज़े नज़र आते हैं? यहाँ की पिच, यहाँ का मैदान, यहाँ का पवेलियन, यहाँ की भीड़?''

''नहीं बिल, नहीं। मुझे सपने में एक बूढ़ा आदमी नज़र आता है। बहुत बूढ़ा आदमी। गंजा, पोपला। वह धीरे–धीरे चलता है। उसके हाथ में लाठी है। वह मेरे पास आता है। धीरे–धीरे कहता है रूपसिंह, तुम्हें अपने भविष्य में अपना अतीत लिखना है। बस, यही बात वह बार–बार कहता है। और मेरी नींद खुल जाती है।''

बिल ने मुझे बहुत ग़ौर से देखा। फिर हँसा। बहुत ज़ोर से हँसा, ''तुम्हें ओल्ड मैन, एक साइकेट्रिस्ट की ज़रूरत है।''

''मैं जानता हूँ, तुम अंग्रेजों के पास इसका यही जवाब है मनोविश्लेषक के कोच पर जाकर बैठ जाओ। नहीं, मैं तो लॉड्र्स की

पिच पर जाकर खड़ा होऊँगा। निखरी धूप होगी। आसमान को देखूँगा। वेस्टइण्डीज का वाकर मेरी तरफ़ बढ़ रहा होगा। एक ज़बरदस्त हिंसक इरादे के साथ। एक बहुत लम्बा आदमी एक छोटे–से आदमी की तरफ़ तूफ़ानी तेज़ी से बढ़ रहा होगा। वह बहुत ज़ोर से चिल्लायेगा। अम्पायर को खा जाने वाली नज़रों से देखेगा। सारा स्टेडियम उसके साथ होगा, पर मैं आउट नहीं होऊँगा। मैं बस खेलता रहूँगा। अपना आख़िरी मैच। खेलता रहूँगा।''

''मुझे नहीं मालूम था कि यह मैदान तुम्हारे लिए इतनी बड़ी समस्या है। तुम्हारे साथी चित्रे ने तो यहाँ लगातार चार शतक मारे हैं। इन दिनों वह फार्म में है। तुम देखना उसका खेल। उसके शॉट!''

''मैं जानता हूँ, बिल। चित्रे यहाँ अच्छा खेलेगा। पर मैं तो अपने सपने से जिरह कर रहा हूँ।''

''तुम ओल्ड मैन, यहाँ कितनी बार खेल चुके हो?''

''कहाँ? लॉड्र्स पर? पन्द्रह बार! हर बार इस मैदान ने मुझे धोखा दिया है। तुम्हें पता है बिल, दुनिया का कोई बड़ा मैदान नहीं है जहाँ मैने शतक न जमाया हो। लोग कहते हैं कि मैंने सब कुछ कर लिया है। सारे रिकॉर्ड तोड़ दिये हैं। सब कुछ मेरे नाम है, सिवाय इस मैदान के। यह मैदान मुझे हमेशा चिढ़ाता है। तुम ग्रेट हो, सबसे ग्रेट, पर मेरे सामने तुम कुछ नहीं हो। तुम एक छोटी–सी चिड़िया हो। तेज़ी से बढ़ती हुई गेंद तुम्हें लहुलुहान कर देगी। और मैं हँसता रहूँगा। तुम्हें चिढ़ाता रहूँगा।''

''ज़रा सोचो, इस ऐतिहासिक मैच में उतरते ही अगर तुम शून्य पर आउट हो गये, तो? तब तो यह मैदान ख़ूब हँसेगा।''

''हाँ, यह ख़तरा तो है। पर याद है उस बूढ़े ने मुझसे कहा था–तुम्हें अपना भविष्य अपने अतीत में लिखना है।''

''तुम पागल हो गये हो, ओल्ड मैन! तुम बूढ़े हो गये हो। तुम थक गये हो। देखो, कितने जवान खिलाड़ी खड़े हैं मैदान पर, उनमें कितना जोश है। किसी फुर्ती से वे दौड़ते हैं। क्या चमक है उनकी आँखों में, तुम बूढ़े हो चुके हो, रूपसिंह। तुम्हें अपना बल्ला अब रख

देना चाहिए। वक़्त आ गया है। बयालीस साल का क्रिकेटर कोई क्रिकेटर नहीं होता है। वह एक बूढ़ा खिलाड़ी होता है। उसकी जगह मैदान नहीं है।''

''मैं जानता हूँ, बिल! मैं जानता हूँ कि मैं बूढ़ा हो चुका हूँ। पर मुझे लॉर्ड्स ने हमेशा धोखा क्यों दिया है? लोग कहते हैं कि तुम अपने दर्जन भर शतक दे दो इस लॉर्ड्स के शतक के बदले में?''

''ओल्ड मैन, तुम माइथोलॉजी के बारे में इतना जानते हो, तुम्हारी हिस्ट्री भी अच्छी होगी। तुम्हें मालूम है सौ साल पहले टेनिस का एक जबरदस्त खिलाड़ी होता था–लैंडल, इवान लैंडल। खेलते वक़्त उसके चेहरे पर कोई हावभाव नहीं आते थे। बस, खेलता था और जीतता था। उसने दुनिया भर के टाइटिल जीत रखे थे। पर विम्बलडन कभी नहीं जीता था। जानते हो सौ साल पहले विम्बलडन के फाइनल में उतरने से पहले उसने क्या कहा था? वह लगभग रुआँसा हो गया था। एक जवान लड़के से भिड़ने से पहले उसने कहा, मेरे आधा दर्जन दूसरे टाइटिल ले लो, पर मुझे विम्बलडन दे दो। लेकिन फ़ाइनल में वह हार गया। एक छोकरे ने उसके सपने को बुरी तरह से तोड़ दिया।''

''बिल, मेरी बात और है, मैं लैंडल नहीं हूँ, मैं रूपसिंह हूँ, रूपसिंह। मैंने 44 शतक बनाये हैं। लेकिन लॉर्ड्स के शतक के बदले में मैं कुछ नहीं दे सकता। आज मैं यहाँ खाली हाथ खड़ा हूँ। मैं इस मैदान को कुछ नहीं दे सकता। कुछ भी नहीं है मेरे पास, सिर्फ़ एक सपना है, उस सपने का एक आदेश है, मुझे सिर्फ़ उस बूढ़े का आदेश सुनाई पड़ रहा है?''

''मुझे अफ़सोस है ओल्ड मैन, मैं इस मैच में नहीं खेल पा रहा। मेरा भी बहुत मन था इस मैच में खेलने का। सोचो तो ज़रा, एमसीसी के तीन सौ साल। इतने बड़े उत्सव में मैं कहीं नहीं होऊँगा, ओल्ड मैन।''

''बिल, मेरे लिए यह उत्सव नहीं है। यह एक लड़ाई है मेरे लिए। एक मैदान से लड़ाई। मैकबैथ की लड़ाई जंगल से थी। मैं मैदान से

लड़ूँगा। एक ख़ूबसूरत, खुले ताक़तवर मैदान से। एक मैदान जिसका इतिहास है। मैं लड़ूँगा इससे। और यह पराजित खड़ा होगा मेरे सामने। और तब मैं रिटायर हो जाऊँगा। मैं अचानक बूढ़ा हो जाऊँगा रातोरात। तब तुम मुझे क्या कह कर पुकारोगे, बिल?''

''वाइज मैन।'' बिल ने एक ठहाका लगाया।

बारिश ख़त्म हो चुकी थी। अचानक ही धूप निक़ल आयी थी। बड़ा अजीब मौसम होता है इंग्लैंड का। बिल ने ही एक बार काउंटी मैच के दौरान मुझसे कहा था–कई साल पहले, ''दुनिया में कोई ऐसा देश है जहाँ एक ही दिन में आप चार–चार मौसमों का मज़ा ले सकते हैं।''

बिल चला गया। मैं लॉर्ड्स के फाटक के सामने खड़ा था। वहाँ के लोग मुझे पहचान नहीं रहे थे। मैं शायद एक साधारण दर्शक था जो मैच की पूर्वसन्ध्या पर टिकट खोज रहा था। किसी को पता नहीं था कि मैंने चुनौती दी है इस महान गोरे मैदान को। एक काले छोटे क़द के हिन्दुस्तानी ने चुनौती दी है इस महान गोरे मैदान को। मैं चुपचाप खड़ा था। मैदान मुझे देख नहीं पा रहा था। न मैं मैदान को।

मैं मैदान के भीतर नहीं गया। घूमता रहा। सड़कों, ट्यूब स्टेशनों, डिपार्टमेंटल स्टोरों में मैं भटकता रहा। लोग मुझे पहचान नहीं पा रहे थे। और फिर मैं थककर वापस अपने होटल में आ गया। बिस्तर पर निढाल पड़ा था। मैंने आँखें बन्द कर लीं। अचानक मेरी आँखें खुलीं। चित्रे मेरे सामने खड़ा हँस रहा था। उसके हाथ में एक छोटा–सा ख़ूबसूरत बल्ला था।

''लॉर्ड्स हमेशा मुझमें अनोखा आत्मविश्वास जगा देता है। मुझमें एक नयी ताक़त आ जाती है।'' चित्रे ने चमकती हुई आँखों से कहा।

''लेकिन वाल्कर से तुम सावधान रहना। तुम जानते हो कि सबसे ज़्यादा ख़ुश वह तुम्हीं को आउट करके होगा। वह भी क़सम ख़ाकर उतरेगा इस बार मैदान पर। तुमने उसकी किताब पढ़ी है? कितनी ज़बरदस्त बदले की आग है उसमें?''

''हाँ, पर किताब में तो उसने लिखा है कि अब उसमें मुझको लेकर कोई ज़हर बाक़ी नहीं रह गया है।''

''सो तो लिखा है पर यह मैदान उसे एक बार फिर पागल कर देगा। वह अपनी ज़िन्दगी का सबसे ख़तरनाक स्पेल फेंकने जा रहा है कल। रूप, तुम बेकार डर गये हो। तुम देख लेना। कुछ नहीं होगा।''

''नहीं चित्रे, कुछ--न--कुछ होगा इस मैदान पर। दुनियाभर के महान खिलाड़ी जब महान मैदान पर उतरते हैं, तो कुछ--न--कुछ होता है। यह मैच नहीं महाभारत है।''

मैं शायद अर्धविक्षिप्त स्वर से बोलता जा रहा था। पता नहीं चित्रे ने मुझे सुना या नहीं। मैं बोलता ही जा रहा था।

एयरपोर्ट पर मैं बैठा हूँ। जैसा कि मैं जानता था मैं अचानक बूढ़ा हो गया हूँ। मुझमें हज़ार साल लगातार क्रिकेट खेलने की थकान आ गयी है। मुझे सिर्फ़ दो--चार बातें आपको बतानी हैं। मैंने सिर्फ़ शतक ही नहीं पूरा किया। द्विशतक बनाया। 237 पर मैं आउट हुआ। रन आउट। आउट होने वाला मैं आख़िरी खिलाड़ी था।

शाम को मैं मैदान के सामने खड़ा था एक विजेता की तरह, पर मैदान मुझे बिलकुल पराजित नहीं नज़र आ रहा था। वह शान्त था, खुला, हरा और रसीला। तेज़ हवा का एक झोंका आया। कोई मुझसे कह रहा था--मैदान कभी नहीं हारते, लोग उन पर लड़ते हैं। लोग ही जीतते और हारते हैं।

चाकू

जंगी क्लास में बदनाम था। 'अच्छे लड़के' उससे दूर रहते थे। एक बार उसने क्लास के एक ख़ूबसूरत लड़के विनय को सबके सामने चूम लिया था। पर जाने क्यों मैं कभी–कभी उसका साथ पसन्द करता था। मेरे साथ उसका व्यवहार भी कुछ बेहतर था। वह मेरे सामने शरीफ़ दीखने की कोशिश करता था।

गर्मियों की छुट्टियाँ ख़त्म होने के बाद स्कूल खुलने का पहला दिन था। 1963 की जुलाई का महीना था। भारत–चीन की लड़ाई हो चुकी थी। जंगी ने ज़िद करके मेरी एक क्लास 'कट' करायी। और एक उजाड़ जगह पर हम आ गये। सूखी झाड़ियों के पीछे एक छोटा–सा टीला था। हम वहाँ बैठ गये। जंगी ने नेकर की जेब में से एक सिगरेट निकालकर सुलगायी। फ़िल्मी अन्दाज़ में वह कश ले रहा था। उसने मुझे कई बार सिगरेट ऑफ़र की थी। पर मेरा कभी मन नहीं हुआ। जंगी ने उस दिन अचानक एक अजीब–सा सवाल मुझसे पूछ लिया, "मनोहर, तुम्हारा गाँव कहाँ है?"

"मेरा कोई गाँव नहीं है।" मैं उसके सवाल से सकपका–सा गया था।

"ऐसा कैसे हो सकता है। हम सबका कोई–न–कोई गाँव तो होता है। तुम हर साल छुट्टियों में दो महीने के लिए कहाँ ग़ायब हो जाते हो?"

''हम तो पहाड़ों पर जाते हैं। हर साल नये पहाड़ देखते हैं...इस बार डलहौजी गये थे। तुमने कभी सुना है इस हिल स्टेशन का नाम?''

''लेकिन तुम्हारा गाँव कौन–सा है? तुम मेरे इस छोटे–से सवाल का जवाब क्यों नहीं देते?''

''जब कोई गाँव है ही नहीं, तो कैसे उसका नाम बताऊँ। जब से मैं पैदा हुआ हूँ मैंने बिजली के खम्भे देखे हैं। ट्यूबलाइट की तेज़ रोशनी में मैं पैदा हुआ था।''

''अच्छा, बताओ, तुम्हारी नानी कहाँ रहती हैं?''

''क्या हो गया है तुम्हें, जंगी? अच्छा, तुम मुझे एक बात बताओ। तुमने विनय को क्लास में सबके सामने क्यों 'किस' किया था?''

''इसलिए कि वह चिकना है। घमण्डी है। पैसे वाला है। हिस्ट्री के टीचर हाशमी सर मुझे एक दिन शाम को हज़रतगंज में मिल गये थे। उन्होंने मुझे रिक्शे में ख़ूब घुमाया। आइसक्रीम खिलायी। फिर बोले, मैं तुम्हें किस करना चाहता हूँ। मैं तो घबड़ा गया। रिक्शे से कूद पड़ा। विनय हाशमी सर का फेवरेट स्टूडेंट है। इसलिए मैंने अपना गुस्सा उस पर निकाला...''

हाशमी सर के बाल लम्बे–लम्बे थे। देखने में हैंडसम थे। जंगी को मैंने नहीं बताया कि एक बार मुझे भी उन्होंने रिक्शे पर घुमाया था।

''मनोहर, ऐसा हो नहीं सकता कि तुम्हारा कोई गाँव न हो। मेरा गाँव लैंसडाउन में है। बड़ा ख़ूबसूरत है।''

जंगी ने बहुत ज़िद की। मैंने उसे अपने गाँव का नाम नहीं बताया।

मेरे गाँव का नाम था–घोड़ेवाहा। अजीब–सा नाम था। नाम बता देता, तो वह पूछता यह गाँव है कहाँ? मैं उसे कैसे बताता कि यह गाँव लखनऊ शहर से बहुत दूर है। जालन्धर यहाँ से बहुत दूर है। उसके पास है मेरा गाँव। माँ के साथ मैं और मेरा छोटा भाई महेन्द्र हर साल वहाँ दो महीने रहते हैं। हमारे वहाँ दो घर हैं। नाना अपने अलग घर में रहते हैं। नानी एक अपने घर में रहती हैं। खाना नानी के यहाँ ही बनता है। नाना सुबह–शाम आ जाते हैं। सुबह उनका मूड अच्छा होता है। नानी भी बहुत प्यार से ताज़ा

मक्खन निकालती हैं। रात की बासी रोटियों पर ख़ूब सारा ताज़ा मक्खन रखकर नाना सुबह का नाश्ता करते हैं। असली काला रंग है उनका। पर ख़ूब सफ़ेद कपड़े पहनते हैं। शानदार सफ़ेद पगड़ी में गर्व से इधर–उधर देखते हुए अपने खेतों की ओर निक़ल जाते हैं। दोपहर में आते हैं, तो उनके हाथों में ताज़ा और बहुत नर्म ककड़ियाँ होती हैं।

कभी–कभी वह हमारे लिए बढ़ई से लकड़ी का कोई खिलौना बनवाकर ले आते हैं। बढ़ई का नाम भी बड़ा अच्छा है–रूलसिंह। हम उन्हें मामाजी कहते हैं। गाँव में कई घर जाटों के हैं। सब हमारे मामा हैं। और सब हमें प्यार करते हैं। 'बहन विद्या' के शहरी बेटों के लिए वे तरह–तरह की चीज़ें लाते हैं।

मैं कैसे बताऊँ जंगी को कि इस बार गाँव में एक छोटी जाति के छोटे से शरारती बच्चे ने कैसे मेरा और मेरे छोटे भाई का मज़ाक़ उड़ाया। हम दोनों शहर से लायी हुई दो नयी कमीज़ों को शान से पहने बाहर घूम रहे थे। बिलकुल नये प्रिंट की कमीज़ें थीं। वह लड़का हमारे पास आया। बड़ी देर तक कमीज़ों की तारीफ करता रहा। हम इस बात को भूल गये कि कमीज़ के नीचे हमने कुछ नहीं पहन रखा है। उस लड़के ने अचानक हमारी कमीज़ ऊपर करके हमारी इंसल्ट कर दी। हम रोते–रोते नाना के पास गये। नाना उस लड़के की माँ से ख़ूब लड़कर आये। पर हमारी इंसल्ट तो हो चुकी थी। वह लड़का जब भी मिलता, व्यंग्य से कहता, "पण्डित जी, आपकी कमीज़ बहुत अच्छी थी।"

गाँव के मेरे ढेरों संस्मरण थे। पर लखनऊ वापस आकर मैं स्कूल में उस दुनिया को बिलकुल भुला देता था। किसी को नहीं मालूम था कि मैं यू.पी. का नहीं हूँ। पंजाबी हूँ। घर में माँ के साथ ठेठ पंजाबी बोलता हूँ।

जब मैं जनता स्कूल में पढ़ता था, तो क्लास में पंजाबी लड़के भी थे। वह स्कूल हमारी रिफ़्यूजी कॉलोनी के पास था। तब हमें अपनी पंजाबियत को छिपाना नहीं पड़ता था। लेकिन पिताजी ने नवें दर्जे में

मुझे सेंट जोसफ स्कूल में दाख़िला दिला दिया। मेरे रंग–ढंग बदल गये। स्कूल का नाम शानदार था। हमें एक चौड़ी बैल्ट और स्ट्रिप वाली बैंजनी टाई पहनकर स्कूल जाना पड़ता था। हमारे प्रिंसिपल 'विलायती' थे–फादर रोमाना। इतालवी होने के कारण उनकी अंग्रेज़ी बहुत 'म्यूज़िकल' होती थी। मिसाल के लिए वह 'टिकटिक' को अपने एक ख़ास अन्दाज़ में 'तीकतीक' कहा करते थे।

दरअसल यह स्कूल बन्द होने वाला था। ठीक बगल में एक 'असली अंग्रेज़ी स्कूल' था–सेंट फ्रांसिस। वहाँ की फ़ीस भी ज़्यादा थी। पढ़ाई भी अच्छी थी। वह पूरी तरह से इंग्लिश मीडियम स्कूल था। सेंट जोसेफ का तो सिर्फ़ नाम ही शानदार था। उसमें और जनता स्कूल में कोई ख़ास फ़र्क़ न था। लेकिन स्कूल के नाम और फादर रोमानो के कारण हम बच्चे अपना एक स्टेटस समझते थे। हमारी बैंजनी स्ट्रिप वाली टाई भी पतंग की पूँछ की तरह लहराती रहती थी। घर की गली के कंचे खेलते बच्चों के सामने वह ज़्यादा ही लहराती थी। ''यू नो, आइ एम ए स्टूडेंट ऑफ़ सेंट जोसेफ स्कूल। हमारे प्रिंसिपल असली गोरे रंग के हैं। वह क़ीमती सफ़ेद चोगा पहनते हैं। उनके गले में क्रॉस लटक रहा होता है।''

हमारे घर की गली और स्कूल के माहौल में अच्छा–ख़ासा फ़र्क़ था। स्कूल में मेरे दोस्त सब जंगी जैसे नहीं थे। एक नवाबी खानदान का हैंडसम बल्कि हसीन लड़का सरफ़राज़ अब्बास मेरा दोस्त था। वह हमेशा हाथ में सेंट में डूबा रूमाल रखता था। एक दूसरा लड़का था–मोहम्मद अय्यूब अंजुम 'मधु'। नाम कुछ अटपटा–सा था। कविताएँ लिखता था। वह ग़रीब घर का था। पर ख़ूब उत्साही था। वह सरफ़राज़ की लड़कियाना अदाओं की ख़ूब खिल्ली उड़ाता था। हमारा एक दुबला–पतला निरीह क़िस्म का क्लासफैलो था जिसका नाम 'नन्दू' या 'चन्दू' होना चाहिए था। लेकिन उसका नाम माइकल हैमिल्टन था। हम उसका नाम सुनकर रौब में आ जाते थे। जंगी का पूरा नाम था–जंग बहादुर। उसका परिवार लैंसडाउन के फ़ौजियों का था।

सेंट जोसेफ की दुनिया निराली थी। वहाँ सरफ़राज़ अब्बास जैसे नवाब भी थे, जंगी जैसे बकैत भी थे, हैमिल्टन जैसे निरीह छात्र भी थे जो घर में हिन्दी बोलते पर नाम के अंग्रेज क्रिश्चियन थे। टीचर भी ऐसे ही मिले–जुले थे। कोई कैंफर था, कोई दत्ता, तो कोई हाशमी। पर उस स्कूल में पंजाबी मैं अकेला था। किसी को मैंने इस राज़ तक पहुँचने नहीं दिया था।

रिफ़्यूजी कॉलोनी की गलियों की दूसरी ही दुनिया थी। कुछ लड़के चिल्लाते–गाते हुए धूल में खो जाते थे। कानचू कनकैया, जिस पर चले रेल का पहिया, नीचे बहती गंगा मैया। बड़ा अजीब गाना था यह। कॉलोनी के लड़के मुझे छेड़ते थे। बचपन में मैं बहुत बीमार हो गया था। ठीक हुआ, तो भैंगी आँखों से देखने लगा। बच्चों ने यह गाना मुझ पर लागू कर दिया। जिसकी आँखें ख़राब हों वह 'काणा'। काणे से कानचू बना होगा।

पर जब मैं सेंट जोसेफ में भर्ती हो गया, तो जादुई ढंग से मेरी आँखों का भैंगापन भी कम होने लगा। मैं अक्सर एक धूप का चश्मा चढ़ा लेता था। स्ट्रिप वाली बैंजनी टाई हवा में लहराती थी। बैल्ट का अंग्रेज़ी स्कूल वाला बकल चमकता था। मैं 'कानचू कनकैया' गाने वाले बच्चों को हिकारत से देखने लगा था। स्कूल पहुँचते ही फादर रोमानो को ज़ोरदार 'गुड मार्निंग फादर' कहता था। सुबह का सूर्य फादर के गंजे (पर शानदार) सर पर चमकता था। वह अपनी म्यूज़िकल शैली में 'गुड मार्निंग' का जवाब देते थे। गले में लटके क्रॉस पर किरणें और भी चमकने लगती थीं। मैं धन्य हो जाता था उस दुनिया को देखकर।

गर्मियों की छुट्टियाँ गाँव में बिताकर हम जब घर वापस आते थे, तो पिताजी एक बड़ी बाल्टी में ताजे दशहरी आम भिगोकर हमारा इन्तज़ार कर रहे होते थे। हम दोनों भाई आमों पर टूट पड़ते थे। घोड़ेवाहा में खाये खरबूजों और तरबूज से जी भर चुका होता था। दशहरी आम हमारी 'पंजाबियत' को धीरे–धीरे पोंछना शुरू कर देते थे।

उस दिन जंगी के सवालों ने बड़ा परेशान किया। घर लौटा, तो यही सोच रहा था कि मैं क्यों यों छिपाता हूँ अपने गाँव को? बता

क्यों नहीं देता अपने गाँव के बारे में? एक बार यू.पी. का एक गाँव देखा था। पिताज़ी के एक परिचित जमींदार घराने के थे। हमें अपने गाँव ले गये। हाथी पर बैठकर शान से हम गाँव गये। लेकिन हमारे मन में घोड़ेवाहा की मीठी यादें थीं।

पिताजी लाहौर के इम्पीरियल बैंक में काम करते थे। पार्टीशन से ठीक पहले उन्होंने अपना ट्रांसफर लखनऊ में करा लिया था। हम लखनऊ में ही पैदा हुए। पंजाबी रिफ़्यूजी कालोनी में तो हम बाद में शिफ्ट हुए। पहले हम यू.पी. के ठाकुरों के एक बड़े कम्पाउंड में रहते थे। एक मशहूर डॉक्टर उस कम्पाउंड के मालिक थे। उनका नाम भी अजीब था–'गला घोंट डण्डा मार डॉक्टर।' उनकी चिकित्सा पद्धति शायद 'पनिशमेंट थैरेपी' रही होगी। लेकिन हम बच्चे उनसे नहीं डरते थे। उनके पलँग के नीचे छिपकर हम खेलते थे। यह बात 1954 की है।

उस कम्पाउंड के ठाकुरों के घर में बन्दूकें थीं। सब मेरे पिताजी को पसन्द करते थे। बैंक के 'खजांची साहेब' को सब लोग चाहते थे। एक दिन रात को हमारे घर में पाँच चोर आ गये। लम्ब–तड़ंग चोर थे वे। हाथों में लाठियाँ थीं। मुझे उस रात की आज भी याद है। चार–पाँच साल का था मैं। माँ की नींद खुल गयी। हम सब बाहर लॉन में चारपाइयाँ बिछाकर सो रहे थे। चोर आँगन में दरवाजा खोलने की कोशिश कर रहे थे। माँ में ग़ज़ब की हिम्मत थी। चारपाई पर खड़ी होकर वह चिल्लाने लगीं, ''खजांची साहब के घर में पाँच चोर आ गये हैं...आप लोग हमारी कुछ मदद कीजिये...।''

धीरे–धीरे बत्तियाँ जलनी शुरू हुईं। एकाध ने बन्दूक निकाल ली। शोर मच गया कि खजांची साहेब के घर में चोर घुस आये हैं। पिताजी गहरी नींद में थे। हड़बड़ा कर उठे, तो उन्हें कुछ समझ में नहीं आया। तब तक चोर रेल की पटरी की तरफ़ भाग चुके थे। पिताजी नींद में ही दौड़े। एक चोर की टाँग उन्होंने किसी तरह से पकड़ ली। दूसरा चोर अपने साथी की टाँग छुड़ाने के लिए लाठियों से पिताजी के हाथ–पैर पर प्रहार करता रहा।

पिताजी के हाथ–पैरों की हड्डियाँ टूट गयीं। लेकिन इस घटना के बाद माँ का मन ही टूट गया। वह शुरू में रिफ्यूजी कॉलोनी में जाने के ख़िलाफ़ थीं। पर बन्दूकें लेकर चिल्लाने वाले पड़ोसियों की 'हिम्मत' ने माँ को मज़बूर कर दिया रिफ्यूजी कॉलोनी में छोटी–सी जमीन ख़रीदकर अपना मकान बनवाने के लिए।

'गला घोंट डण्डा मार डॉक्टर' के जादुई और रहस्यमय संसार से हम बहुत दूर चले गये। हम एक ऐसी कॉलोनी में आ गये जहाँ सुबह एक शालीन क़िस्म के और बहुत मीठा बोलने वाले सरदार जी निकर पहने हुए शाखा में आने के लिए बच्चों को प्रेरित करते थे। वह निकर पहने बच्चों की जांघों को बहुत प्यार से देखने की कोशिश करते थे। मुझे शाखा से ही नफ़रत हो गयी थी।

मैं उस दोपहर जंगी के सवाल से जूझता हुआ घर पहुँचा, तो बड़े कमरे में एक बड़ा ट्रंक खुला रखा हुआ था। सोलह साल बाद जाने कैसे लाहौर से हमारे पास आया था। उसमें ख़ूब सारी चीज़ें थीं। एक चमत्कार की तरह हम उन चीज़ों को देख रहे थे। माँ ने ट्रंक से कुछ चीज़ें निकाल दी थीं, कुछ उसमें पड़ी हुई थीं।

माँ जब सत्संग में चली गयीं, तो हम दोनों भाई ट्रंक पर टूट पड़े। ट्रंक में से एक चाकू निकला। मैं उस चाकू को बहुत ध्यान से देख रहा था। छोटे भाई ने मुझसे चाकू छीन लिया। वह मुझसे बोला, ''जानते हो तुम, यह चाकू किसलिए है?''

''चाकू किसलिए होता है?''

''यह मुसलमानों को मारने के लिए है।''

छोटे भाई ने यह बात बहुत 'इनोसेंट' ढंग से कही थी। उस रात को वह चाकू मेरे सपने में जाने कैसे घुस गया। मोहम्मद अय्यूब, हाशमी सर, सरफ़राज़ अब्बास, हैमिल्टन, कैंफर सर, दत्ता सर, जंगी वग़ैरह...सब–के–सब सपने में एक भयावह क़िस्म की भगदड़ में थे। ट्रंकवाला चाकू उनका लगातार पीछा कर रहा था।

आज मैं पचास साल का हो गया हूँ। बचपन का यह चाकू आज भी मेरे पीछे पड़ा है। वह खोया नहीं है। और न ही वह भोथरा हुआ है।

कंसीलर

जब संगीता थ्री व्हीलर से उतरी, तो मैं अभी काउंटर की चीज़ों को सँभाल रही थी। उसका चेहरा दुपट्टे से ढँका हुआ था। मैंने ध्यान नहीं दिया। वह बीस मिनट लेट थी। जब वह अटेंडेंस रजिस्टर पर साइन कर रही थी तब भी मैंने उससे कुछ नहीं कहा। वह चुपचाप 'हलो' या 'नमस्ते दीदी' कहे बिना पार्लर के भीतर चली गयी। वह इस 'क्लियोपेट्रा ब्यूटी पार्लर' की एक अनुभवी ब्यूटीशियन थी। क्लाइंट पटाने की कला में उसे माहिर माना जाता था। पर वह अपने पति को नहीं पटा पाती थी। वह हमेशा उसके साथ दुर्व्यवहार करता था। मारता–पीटता था। एक बच्चा था–वह भी जन्म से ही विकलांग। लेकिन शाम को जब पार्लर बन्द हो रहा होता था, तो उसका दुबला–पतला मरियल–सा पति स्कूटर पर बैठा पार्लर की कन्याओं को बड़े जोश से हाय–हैलो कह रहा होता था। मैं हैरान रह जाती थी कि यह मरियल–सा आदमी संगीता सरीखी लड़की को पीट भी सकता है। पर वह रोज़ आता था अपनी पत्नी को छोड़ने और ले जाने। इस सेवा को निःस्वार्थ नहीं कहा जा सकता था। संगीता के लिए घर के काम करने का ज़्यादा समय मिलने का यही उपाय था।

मैंने इस बात पर ध्यान नहीं दिया कि आज उसका पति उसे छोड़ने नहीं आया था। संगीता के भीतर जाते ही मैं ब्राइड बुकिंग में

व्यस्त हो गयी थी। मैडम का ऑस्ट्रेलिया से फ़ोन आया था–कैसा बिज़नेस चल रहा है? तुमने कंसीलर लगाया या नहीं? किसी की ड्रेस गन्दी तो नहीं है?

मेरे चेहरे पर दाहिनी तरफ़ होंठों के नीचे एक बर्थ मार्क था। कॉलेज में आमतौर पर मुझे सुन्दर और स्मार्ट समझा जाता था। मैडम जब मुझे कंसीलर लगाने के लिए कहती थीं, तो मुझे अपने क्लासफैलो सुनील का कमेंट याद आ जाता था, "तुम्हारी आँखें बहुत सुन्दर हैं, माधुरी! पर तुम्हारा यह बर्थ मार्क सचमुच सेक्सी है।" पर मैडम चाहती थीं कि कंसीलर से यह निशान छिपाकर रखा करूँ। काउंटर पर बैठती हूँ। मैनेजर हूँ। एक बड़े ब्यूटी पार्लर की मैनेजर। वैसे मैडम इसे कॉस्मेटिक क्लीनिक कहती थीं। नौ साल पहले ये 'कायाकल्प' नाम का छोटा–सा पार्लर था। मैडम जर्मनी गयीं। ब्यूटी की कई मशीनें और यंग स्किन मास्क आदि लेकर आयीं। नाम बदल गया। क्लियोपेट्रा नाम एकता कपूर के धारावाहिकों के 'क' की तरह शुभ साबित हुआ। देश विश्व सुन्दरियाँ पैदा कर रहा था और पार्लरों का धन्धा चमक रहा था। छिपाने की कला में ही सुन्दरता थी। शादी से पहले ऐसी कितनी लड़कियाँ आती थीं जो अपने ल्यूकोडर्मा के दाग पेंट कराती थीं ताकि पति को आठ–दस साल असलियत का पता न चले। उनके पिता या भाई असहाय से, इस काम की मोटी क़ीमत देने के लिए मजबूर थे। बस, किसी तरह से लड़की की शादी हो जाये।

और मैं थी कि अपने बर्थ मार्क को छिपाना नहीं चाहती थी। मेरे पति को भी वह पसन्द नहीं था। पर उसे कोई ख़ास परवाह भी नहीं थी। पाँच साल के प्रेम विवाह से मैं बुरी तरह ऊब चुकी थी। वह प्रॉपर्टी डीलर था। घर के एक कमरे से ही काम करता था। पार्लर में मैं मैनेजर इसलिए बनी कि पति से बच सकूँ। पार्लर खुलने का समय दस बजे था। मैं चाबियों का भारी गुच्छा छनछनाते हुए साढ़े नौ बजे ही पहुँच जाती थी। बेचारे गार्ड को भी मेरी वजह से जल्दी आना पड़ता था। रात को आठ–नौ बज जाते थे। शादी ब्याह के मौसम में तो दस भी बज जाते थे। पर मेरे घर में बच्चे नहीं थे। पति

था। जिसे रोज़ शाम दारू या मुर्गा चाहिए होता था। वह यू.पी. का था। पंजाबी नहीं था। पर मुर्गे को हमेशा 'कुक्कड़' कहता था। और फिर ज़ोर से हँसता था। "कुक्कड़ और स्कॉच! जीवन की सफलता का मूलमन्त्र!"

पार्लर में कुल बारह–तेरह काम करने वाले थे। एक सफ़ाई करने वाले लड़के को छोड़कर सभी औरतें या लड़कियाँ थीं। लड़कियाँ एक–दो साल काम करके या तो शादी करा लेती थीं या फिर बेहतर वेतन की तलाश में किसी और पार्लर में चली जाती थीं। लेकिन संगीता, ममता और अंजू सीनियर ब्यूटीशियंस थीं। वे कम तनख़्वाह को लेकर हमेशा रोती रहती थीं। पर उन्हें यह भी पता था कि उन्हें कोई अच्छा पार्लर घास नहीं डालेगा। संगीता पति से पिट कर आती थी, ममता के पति ने उसे छोड़ दिया था और अंजू विधवा थी। संगीता को संगीत पसन्द था। ज़्यादातर पुराने फ़िल्मी गाने। ममता संगीत की सख़्त विरोधी थी। ए. आर. रहमान की कोई तेज़ धुन बज रही होती थीं, तो पार्लर की किशोरियाँ वॉल्यूम को और भी तेज़ कर देती थीं। ममता एक सड़ा हुआ मुँह बनाकर मुझसे शिकायत करती थी–मुझसे ट्रीटमेंट नहीं हो पा रहा है। संगीत को धीमा कीजिए। अंजू किसी हिचकॉक की फ़िल्म का रहस्यमय पात्र लगती थी। वह मैडम की सीक्रेट रिपोर्टर थी। एक–एक चीज़ बताती थी मैडम को। पर ख़ुद उसकी भी जासूसी होती थी। मैडम को उसके बारे में ममता रिपोर्ट करती थी कि इन दिनों उसका कौन–सा नया लवर आने लगा है।

ज़ाहिर है कि मेरे बारे में सब कुछ बढ़ा–चढ़ा कर बताया जाता था। पर मैडम की एक मजबूरी थी। मेरी अंग्रेज़ी बहुत अच्छी थी और मैं सुबह से देर रात तक बिना किसी शिकायत के काम करती रहती थी। हो सकता है कि अंजू ने किसी तरह से पता लगाकर मैडम को बता दिया हो कि मैं कुक्कड़ और स्कॉच से बचने के लिए इतनी डेडीकेटेड वर्कर हूँ। एक बार मैंने संगीता को इस बारे में मज़ाक़िया कमेंट किया था। सुनकर वह मेरे पास आयी। धीरे–से बोली, "तब तो आपके हस्बैंड रोज़ सेक्स की डिमांड करते होंगे।"

मैं हँसती रही। बेचारा मेरा हस्बैंड। तीसरी चीज़ तो वह भूल ही जाता था। खा–पीकर खर्राटे ले रहा होता था। और मैं दूसरे कमरे में चुपचाप थकी हुई बुरी तरह से सो रही होती थी। कमबख़्त मुझे सपने भी पार्लर के ही आते थे। चाबियाँ हमेशा खनखना रही होती थीं। सेक्स शब्द मेरे जीवन की डिक्शनरी में नहीं रह गया था। सेक्स के नाम पर बस मुझे अपने क्लासफैलो सुनील के कमेंट की याद आती थी। और शीशे के सामने मेकअप करते हुए मैं शरमा–सी जाती थी। और मैडम हैं कि इस दाग़ को छिपाना चाहती हैं। ख़ुद जो वह महँगी और अश्लील क़िस्म की ज्वैलरी और भारी साड़ियाँ पहनती है उनके बारे में उन्हें कोई नहीं बताता। कभी नौकरी छोड़ूँगी, तो ज़रूर बताकर जाऊँगी।

अचानक पार्लर की सबसे कम उम्र की ब्यूटीशियन गीता भागती हुई मेरे पास आयी, ''दीदी, आप चलकर देखिए। संगीता को उसके हस्बैंड ने लात घुँसों से मारा है। बुरी तरह से मुँह सूजा हुआ है। अब अगली बार वह मुझे दिखाई दिया, तो उसे चप्पलों से मारूँगी। साला समझता क्या है अपने आपको।''

मैं नीचे गयी। संगीता, ब्राइडल रूम में चुपचाप बैठी थी। उसका मुँह सूजा हुआ था। वह मुझे देखकर रोने लगी, ''दीदी, अब मैं उस राक्षस के पास कभी नहीं जाऊँगी। आज शाम को मैं माँ के घर चली जाऊँगी।''

पार्लर की सारी किशोरियाँ संगीता के पति को पीटने के लिए बेचैन थीं। ''आकर तो देखे यहाँ। भुर्ता बना देंगे उसका।'' गीता बहुत गुस्से में थी।

मुझे चिन्ता हो रही थी। एक घण्टे बाद संगीता को एक बहुत बड़ी क्लाइंट का गोल्ड फ़ेशियल करना था। उसे सिर्फ़ संगीता का काम पसन्द था। किसी और को वह हाथ भी नहीं लगाने देती थी।

''कैसे होगा संगीता? मिसेज़ वाधवानी आने वाली हैं।''

अचानक संगीता में जैसे जान आ गयी। वह उठकर खड़ी हो गयी। शीशे में उसने अपना चेहरा देखा। फिर अजीब–सी डरावनी

हँसी के साथ बोली, "मेकअप किसलिए होता है। और फिर ये कंसीलर किसलिए होते हैं। मिसेज़ वाधवानी को पता भी नहीं चलेगा। बस, मुझे कुछ नाश्ता करना है। बाक़ी सब मैं सँभाल लूँगी।"

और उसने सँभाल भी लिया। उस रोज़ सारा दिन पार्लर में संगीता के पति के विरुद्ध बातें होती रहीं। शाम हुई। रात हुई। लड़कियाँ तो सात बजे ही चली गयीं। सिर्फ़ मैं, गार्ड और संगीता रह गये।

"तुमने अपनी माँ को बता दिया है कि तुम वहाँ आ रही हो?"

संगीता ने एक फ़ीकी–सी हँसी के साथ कहा–"दीदी, आपने देखा नहीं! वह आज बाहर स्कूटर लेकर पार्लर से थोड़ा दूर अँधेरे में खड़ा है। मुझे पता है। माफ़ी माँगेगा। पैर पड़ेगा। आख़िर उस बच्चे को कौन सँभाले? और उसकी नब्बे साल की दादी को कौन नहालायेगा?

"तो तुम फिर उस राक्षस के पास जाओगी?"

"मन तो नहीं कर रहा।"

"नहीं जाना चाहिए तुम्हें उसके पास।" मैंने यह कह तो दिया। पर अपने घर की याद आयी। मैं अंग्रेज़ी में प्रशिक्षित आधुनिका क्या कर रही हूँ।

संगीता ने बैग उठाया और बाहर चली गयी। वह कुछ दूर तक पैदल चलती दिखाई देती रही। उसके पति का स्कूटर पीछे–पीछे था।

मैंने चाबियों का गुच्छा उठाया। गार्ड से शटर बन्द करने के लिए कहा। एक रहस्यमय कंसीलर जैसे मेरा पीछा कर रहा था। संगीता ने शायद उसे जादुई ढंग से मेरे पास भेज दिया था। अगली सुबह जब मैं पार्लर में आयी, तो मेरे चेहरे का निशान ग़ायब था।

एक अभिनेत्री का अधूरा पत्र

प्रिय मिथिलेश,

चौंक गयी न मेरा पत्र देखकर? दो साल बाद तुम्हारे पत्र का उत्तर दे रही हूँ। शायद इस बीच तुम्हारा पता भी बदल गया हो–पर पूरी उम्मीद है, तुम्हें यह पत्र मिलेगा ज़रूर। देर से ही सही। तुम्हारा पत्र अचानक पाकर सचमुच मैं चौंक गयी थी। पढ़ा–तुरन्त उसे पढ़ा। कई बार पढ़ा। कई बातें याद आयीं। वह ज़माना याद आया जब हम यूनिवर्सिटी में पढ़ते थे। लैब में जब हम सबने मिलकर सफ़ेद चूहे पर नौ दिन तक प्रयोग किया था। बेचारे चूहे–उस प्यारे चूहे को जब भूखा रखा जाता था और एक भूलभुलैया में दौड़ाया जाता था। हथेली पर उस चूहे को रखकर पहली बार तो मैं सचमुच डर गयी थी। जैसे प्लास्टिक की हड्डियाँ हों! वे हड्डियाँ चुभती थीं और वह चूहा चमकता था।

आज जब इस 'ग्लैमर' की भूलभुलैया में पाँच साल हो गये हैं–पत्र–पत्रिकाओं में जब मैं सोनाली सिंह की रंगीन और लुभावनी तस्वीरें देखती हूँ, तो कभी–कभी मुझे उस निरीह चूहे की याद आ जाती है। नहीं, मैं यह नहीं कह रही हूँ कि बड़ी निरीह हूँ मैं इस ग्लैमर के संसार में। बस, मुझे उस चूहे की याद आती है। तुम्हारी याद आती है और उस प्रताप नारायण की, जिसके साथ बड़ी गम्भीरता से मैंने

प्रेम का नाटक किया था। याद आते हैं वे दिन, जब मैं 'अनारकली' का गाना गाती थी और वह 'प्रेम पुजारी' का। मनोविज्ञान विभाग की प्रयोगशाला का बूढ़ा चपरासी गवाह था हमारा या फिर वह सफ़ेद चूहा। या तुम! सच बताओगी, तुम ख़ुश हो अपने प्रोफ़ेसर के साथ? याद है वह लड़का, जो तुम्हें देखने आया था और तुमने उसे 'मूर्ख गंजू' कहा था! अरे, मैं भी कैसी मूर्ख हूँ–शायद वही इस पत्र को पहले खोले और पढ़े। पति–पत्नी एक–दूसरे के पत्र कितने अधिकार के साथ खोलते हैं।

आज मैं तुम्हें बहुत–सी बातें बताना चाहती हूँ। तुम्हारे साथ बहुत–सी बातें शेयर करना चाहती हूँ। मिथिलेश, इस पत्र को सँभाल कर रखना। यह एक 'कन्फेशन' है। पत्रकार के हाथ यह पत्र लग जाये, तो उसकी एक रंगीन कहानी बन जाये। रंगीन कहानियाँ तो पिछले कई सालों से मेरे बारे में छप रही हैं। फ़र्क़ यह है कि वे काल्पनिक, रसीली और मनगढन्त हैं। जो कहानी मैं तुम्हें लिख रही हूँ, वह सच्ची, निष्कपट और अन्त में शायद 'बेकार' है। तुम्हें चूँकि मेरी बहुत–सी 'बेकार' बातें मालूम हैं, इसलिए यह बम्बइया 'चैप्टर' क्यों अनकहा रह जाये।

यह 'चैप्टर' दिल्ली में शुरू हुआ था। मण्डी हाउस में, जब मैं एक रंगमंच की अभिनेत्री बनने के सपने देखती थी। धारावाहिकों का ज़माना आ चुका था। मुझे तरह–तरह के सपने दिखाये जा रहे थे। पत्रकार, पी. आर. ओ. फ़ोटोग्राफ़र, निर्देशक, संस्कृतिकर्मी–सभी मुझे एक धनी और रचनात्मक दुनिया के स्वप्न दिखा रहे थे।

थियेटर में मैं अधिक संघर्ष नहीं करना चाहती थी। सब मुझे यही कहते थे, आख़िर थियेटर वाले भी छोटे या बड़े परदे पर जाकर अपने सपने साकार कर रहे हैं। तुम सीधे टीवी पर जाओ। और अचानक, एक दिन मैं पहुँच गयी टीवी के मेकअप रूम में। बड़ा तेज़ पंखा चल रहा था। फ़ोटोग्राफ़र साथी कोने में खड़ा एक अजीबोग़रीब 'गर्व' से मुझे देख रहा था। और वह अधेड़ मेकअप मैन बार–बार मुझे छूने की कोशिश कर रहा था। कभी ब्लाउज़ ठीक करने की कोशिश करता,

कभी बालों को ठीक करता, कभी रूई से चेहरे की मैल उतारने का नाटक करता। गुस्सा तो आ रहा था, पर चुप रही। डी. टी. सी. की बसों में बहुत धक्के खा चुकी थी। निहायत शरीफ़ नज़र आने वाले बुज़ुर्ग भी जिस तरह से शरीर से सटने की कोशिश करते थे, उसके मुक़ाबले में यह 'ह्यूमीलिएशन' शायद साधारण ही था।

एक दिन एक मीडिया विशेषज्ञ के साथ ख़ूब बीयर पी। दूसरी बार मैंने बीयर पी थी। ख़ूब बीयर चढ़ा गया वह और मेरी उँगलियों में अपनी उँगलियाँ फँसाता हुआ बोला–बम्बई जा रही हो। बचकर रहना। ये डायरेक्टर सबसे ज़्यादा रंगीन मिज़ाज के होते हैं। राजकपूर अपनी हर हीरोइन को अपनी प्रेमिका के रूप में देखना चाहता था।

मैं ख़ूब हँसी। हँसती रही–''तुम जानते हो, राजकपूर अब नहीं रहे। वो ज़माना चला गया। अब एक नयी तरह की स्त्री की छवि सिनेमा या टेलीविज़न पर उभर रही है। एक शक्तिशाली स्त्री अब परदे पर आ चुकी है।''

पर उस कमबख़्त की एक बात में दम था। बोला, ''मर्द होना एक 'पोज़ीशन' है। औरत जब उस 'पोज़ीशन' पर बैठ जाती है, तो वह भी एक मर्द हो जाती है। मर्द की सबसे बड़ी जीत इसी में है कि वह औरत को इस पोज़ीशन पर बैठा दे।''

दिल्ली में एक विदेशी महिला पत्रकार से मेरी दोस्ती थी। स्पेनिश पत्रकार मार्ता, जो जी. बी. रोड की वेश्याओं पर एक फ़ीचर कर रही थी, एक बार मुझे भी साथ ले गयी। साथ में एक पत्रकार था। थाने में उसके अच्छे सम्बन्ध थे। कोई दिक़्क़त नहीं हुई। पत्रकार मार्ता के एक परिचित का परिचित था। बाद में विदा लेते समय उसने अपना 'बिज़नेस कार्ड' भी दिया– कभी मिलिए।

और एक दिन मार्ता के पास उस पत्रकार का फ़ोन आ गया। डिनर पर बुलाना चाहता था। मार्ता उस दिन अच्छे 'मूड' में नहीं थी। बोली–क्या समझते हैं ये हिन्दुस्तानी मर्द! कोई महिला अकेली रहती है, तो वह 'अवेलेबल' भी है! न जान न पहचान, पर 'डिनर' का निमन्त्रण!

मार्ता 42–43 साल की थी। दस साल एक मूर्तिशिल्पी मित्र के साथ रही थी, पर शादी नहीं की। वे दोनों आज भी अच्छे दोस्त हैं। मार्ता के पास हिन्दुस्तानी मर्दों के अच्छे क़िस्से थे। एक बार चण्डीगढ़ अकेली घूमने गयी। नयी–नयी भारत आयी थी। एक गाइड दिनभर साथ रहा। निहायत शरीफ़ नज़र आ रहा था। दिनभर अपने बीवी–बच्चों की बातें करता रहा। बेटी को जर्मन सिखाना चाहता हूँ, बीवी बड़ी घरेलू और 'परफ़ेक्ट' है। अँधेरा हुआ नहीं कि गाइड महोदय ने तुरन्त सेक्स की इच्छा प्रकट कर दी। मैं हैरान रह गयी। आख़िर मैंने उससे झूठ बोलकर अपनी जान बचायी कि "मेरे पति भी इसी शहर में है और किसी भी वक़्त होटल में आ सकते हैं।"

मार्ता ने मुझे बहुत कुछ सिखाया था। बम्बई में उसी के एक दोस्त ने मुझे एक विदेशी परिवार का 'पेइंग गेस्ट' बनवा दिया। टेलीविज़न के धारावाहिक 'सहेली' ने मुझे कुछ मौक़े दिये थे। पर सोनाली सिंह छोटे परदे की 'छोटी' दुनिया की क़ैदी नहीं होना चाहती थी। क़ैदी ही बनना है, तो 70 एम. एम. की कैद में रहूँगी। स्टीरियोफ़ोनिक साउंड, 70 एम. एम. का बड़ा रंगीन परदा और एक सोनाली!

बम्बई में कई सोनालियाँ थीं। मैं भी उस भीड़ में शामिल हो गयी। शुरू में हम लोग अपने को 'स्ट्रगलर' कहते थे। मिथिलेश, तुम्हें एक कविता बहुत पसन्द थी। कुछ ऐसी ही पंक्तियाँ थीं न उस कविता में–एक चेहरा, जो मेरे लिए चाँद हो सकता था, भीड़ बनकर रह गया।

पर मैं अपने को 'बॉर्न फाइटर' समझती रही हूँ। भीड़ मुझे नहीं होना था। भीड़ को मेरे पीछे होना था। शायद सफलता और प्रसिद्धि का अपना एक नशा होता है। एक बार एक संवाद लेखक ने शूटिंग के दौरान मुझे बताया–कमलापति त्रिपाठी कहते थे, जब लोग आपको हार पहनाना शुरू कर देते हैं, तो उसका एक नशा–सा हो जाता है।

मैं सफलता, फेम, ताक़त के नशे को करीब से महसूस करना चाहती थी, मिथिलेश! मुझे सचमुच नफ़रत थी एक साधारण गृहिणी के जीवन से! मैं मिथिलेश नन्दिनी निगम नहीं बनना चाहती थी।

मिथिलेश, जब पहली बार मुझे तथाकथित प्रेस कॉन्फ्रेंस का सामना करना पड़ा था, तो मेरे लिए यह एक 'नाइटमेयर' की तरह था। यह बात दिल्ली की है। बम्बई जाने से ठीक पहले की। एक फ़िल्म पत्रिका के भारी–भरकम सम्पादक ने मेरे पिता जी से सम्पर्क किया। पिता जी मेरी कुछ रंगीन तस्वीरें लेकर उस सम्पादक के पास गये थे। उसने सुझाव दिया–आप एक होटल में प्रेस कॉन्फ्रेंस कीजिए। ज़बरदस्त पब्लिसिटी मिलेगी। अख़बारों में, पत्रिकाओं में सोनाली सिंह की धूम मच जायेगी।

पिता जी ने कहा–होटल का तो बहुत बिल आ जायेगा। अभी मेरी हैसियत कोई बड़ी पार्टी देने की नहीं है। हाँ, मेरे एक दोस्त की बरसाती में पार्टी अरेंज की जा सकती है। आप करीब पच्चीस पत्रकारों को बुला लीजिए। सम्पादक ने कहा–ठीक है, लेकिन आने–जाने का प्रबन्ध करा दीजिए। व्हिस्की भी अच्छी होनी चाहिए। 'नॉनवेज' का भी इन्तज़ाम रहे। पिता जी का एक परिचित अपने बूढ़े पिता के साथ एक पॉश कॉलोनी की बरसाती में रहता था। बेचारे बूढ़े पिता जी उस शाम कमरे में बन्द कर दिये गये। पिता जी के परिचित ने कहा–'नान वेज' हमारे घर में नहीं आ सकता। हाँ, अण्डे वग़ैरह से मुझे कोई एतराज़ नहीं है।

बहरहाल, एक भड़कीली पोशाक मुझे पहनायी गयी। मेरी माँ साथ में थीं। छोटा भाई भी था। हम करीब साढ़े सात बजे उस प्रेस कॉन्फ्रेंस में पहुँचे। मैं लगभग डरी हुई थी–'नर्वस' तो थी ही। देखा कि ड्राइंग रूम में पत्रकार आधे घण्टे में ही बुरी तरह शराब चढ़ा चुके हैं। जो खाने को आता है, उस पर बुरी तरह से टूट पड़ते हैं। नॉनवेज नहीं है, इसे लेकर पार्टी के ऑर्गनाइज़र–सम्पादक ने ज़बरदस्त रोष प्रकट किया–'इनमें से कई नेशनल डेलीज और प्रतिष्ठित पत्रिकाओं के पत्रकार हैं। क्या कहेंगे सब मुझसे!'

मेरी माँ तो माहौल देखकर घबरा गयीं। दूसरे कमरे में चली गयीं, जहाँ एक बूढ़ा आदमी मेहमानों के हमले से लगभग सहमा हुआ बैठा था। प्रेस कॉन्फ्रेंस का माहौल था ही नहीं। सम्पादक महोदय लिफ़ाफ़े

में मेरे बारे में एक 'राइटअप' और तस्वीरें बांट रहे थे। समस्या यह थी कि बातचीत कैसे हो सवाल–जवाब कैसे हों।

एक गम्भीर–से नज़र आने वाले पत्रकार ने 'ऑर्गनाइज़र' सम्पादक से दबे स्वर में कहा (जो मैंने सुन लिया)–यार, यह ठीक नहीं है। दारू से पहले ही इनसे मिलवा देते। सम्पादक 'हें–हें' कर हँसने लगा। बेशर्मी से बोला, "इस सुरूर में प्रेस कॉन्फ्रेंस का मज़ा ही कुछ और है।"

दो–तीन 'ग्रुप' बना दिये गये। बारी–बारी से मैं इन फ़िल्म पत्रकारों से मिली। शुरू में कुछ ठीकठाक सवाल किये जाते थे। अभिनय का शौक़ कैसे हुआ? किसने प्रेरणा दी? वग़ैरह–वग़ैरह। बाद में कुछ सवाल फ़िल्मों में अंग प्रदर्शन को लेकर ज़रूर होते थे। क्या मैं सेक्सी पोशाकें पहनूँगी? रोमांटिक दृश्यों में कहाँ तक कपड़े उतारूँगी? एक सवाल तो मैं भूल नहीं सकती। एक 70 साल के बुजुर्ग थे। वे जब कमरे में आये, तो उन्हें बैठाने में भी मदद करनी पड़ी। रात को उन्हें दीखता कम था। किसी तरह से एक पैग उन्होंने लिया। मुझसे बोले–सोनाली जी, आप क्या ऐसी ही सेक्सी पोशाकें फ़िल्मों में भी पहनेंगी?

मिथिलेश, मैं तो बस उन साहब को देखती रह गयी। माहौल बिगड़ता देखकर प्रेस कॉन्फ्रेंस थोड़ा जल्द ख़त्म कर दी गयी। हम लोग तो आ गये, पर बाद में पता चला कि रात ग्यारह बजे तक हुडदंग चलता रहा। कुछ पत्रकार रसोईघर में घुस गये। फ्रिज में अण्डे देखे, तो भुर्जी बनवायी गयी। फ्रिज में जो कुछ भी खाने को था, उसे बेरहमी से ख़त्म कर दिया गया। 'टॉयलेट' में दो–तीन लोगों ने बड़ी 'अव्यवस्थित उलटियाँ' कर रखी थीं। आर्गनाइज़र सम्पादक ने एक हज़ार रुपये नकद लिए, ताकि पत्रकारों को बाहर कुछ नॉन वेज खिलाया जा सके।

यह थी एक नयी–बिलकुल नयी तारिका की फ़िल्म पत्रकारों से पहली मुलाक़ात! पर मुझे दो दृश्य भूलते नहीं। एक तो उन बुजुर्ग पत्रकार का प्रश्न और दूसरे अन्दर सहमे बैठे दूसरे बूढ़े सज्जन। मेरे

पिता जी को उनके सामने काफ़ी शर्मिन्दा होना पड़ा। पिता जी ने 'ऑर्गनाइजर' सम्पादक से शिकायत की–ख़ासतौर पर 'फ्रिज' पर हुए हमले का विरोध किया। सम्पादक बोले–देखिए, सब बड़े–बड़े पत्रकार थे। मैं क्या कर सकता हूँ। आप लाखों की पब्लिसिटी चाहते हैं और खिलाना चाहते हैं घास–फूस! व्हिस्की भी 'डीलक्स' नहीं थी।

अब तो ख़ैर इस तरह के पत्रकारों को झेलने की आदत–सी पड़ गयी है। फ़िल्म इण्डस्ट्री का सीधा–सा नियम है। आप 'स्ट्रगलर' हैं–प्रचार चाहिए, तो ये थोड़े–बहुत अपमान आपको सहने पड़ेंगे। आपका नाम हो जाये, फ़िल्में चल जायें, तो ये सब आपसे 'इंटरव्यू', 'फ़ोटो सेशन' आदि की मिन्नतें करेंगे। और, अगर आप दुर्भाग्य से एक एक्ट्रेस हैं, तो आपकी 'स्ट्रगल' कई गुना बढ़ जायेगी। वैसे सच बताऊँ, मिथिलेश! उस रात प्रेस कॉन्फ्रेंस में तो बहुत बुरा लगा था। पर जब दो–चार पत्रिकाओं में अपनी ग्लैमरस तस्वीरें देखीं, तो सारे अपमान भूल गयी। एक नयी सेक्सी सेंसेशन : –'सोनाली' एक हैडिंग यह थी।

उस समय तो मुझे सचमुच अच्छा लगा था, मिथिलेश–पर अब मुझे यह अपनी छवि हास्यास्पद–सी लगती है। सवाल सिर्फ़ नैतिकता का नहीं है। आज से बीस साल पहले जो अश्लील लगता था, वह आज 'इनोसेंट' लग सकता है। साहित्य, कला, विज्ञापन, सिनेमा, टेलीविज़न–सभी क्षेत्रों में उसे देखा और पहचाना जा सकता है।

तो फिर क्या बात है? बड़ा मुश्किल है कुछ ठीक ठीक कहना। क्या मुझे इस दुनिया में रचनात्मक सन्तोष–थोड़ा–सा भी रचनात्मक सन्तोष मिल पा रहा है? क्या सिर्फ़ पैसा और प्रसिद्धि ही महत्त्वपूर्ण हैं? क्या मैं किसी भी क़ीमत पर ये चीज़ें चाहूँगी?

एक मेरे कला समीक्षक मित्र अक्सर अमेरिकी पॉप कलाकार एंडी वारहोल का एक कथन सुनाते रहते हैं–आज की इस दुनिया में हर आदमी पन्द्रह मिनट के लिए प्रसिद्ध हो सकता है।

पहले तो मैं इस बात का अर्थ समझ ही नहीं पायी। लेकिन अब मुझे यह बात कई तरह से समझ आ रही है। बड़ी मार्मिक बात है

यह, मिथिलेश! प्रसिद्धि आसान भी है, लेकिन इस प्रसिद्धि में जीना आसान नहीं है।

अक्सर अब मैं सोचती हूँ कि परदे पर अभिनेत्रियों को जो हरकतें करनी पड़ती हैं, जो संवाद बोलने पड़ते हैं, जिस तरह के आँसू बहाने पड़ते हैं, वे सब किसके लिए हैं? कौन–सा दर्शक इन्हें देख रहा है?

आज निरूपा राय वाली माँ की छवि या शशिकला या ललिता पवार वाली सास की छवि भी प्रासंगिक नहीं रह गयी है। यहाँ इण्डस्ट्री में इन दिनों कहा जाता है कि वीडियो, केबल के प्रचार–प्रसार के बाद औरतें सिनेमाघरों में नहीं जा रही हैं। पहले डिस्ट्रीब्यूटर मानते थे कि सिनेमाघर से औरत रोती हुई निक़ले, तो समझ लो कि निर्माता–वितरक के 'हँसने' की बारी है। यानी फ़िल्म ख़ूब चलेगी।

पर आज सिनेमाघर में कौन–से दर्शक हैं? एक साहब का कहना है कि फ़िल्में इन दिनों हॉल में जाकर तो लुच्चे–लफंगे ही देखते हैं। काफ़ी सच्चाई है इस बात में। फ़िल्में सड़कछाप दर्शकों से चल रही हैं या छात्रों से। इन दोनों ही वर्गों को कौन–सी स्त्री की छवि परदे पर देखनी है?

नहीं, गरिमा और सम्मान की बात छोड़ दो। ये दर्शक स्त्री को अपनी ही नज़रों से देखना चाहते हैं–'नग्न' नहीं, बल्कि उसे नंगा देखना चाहते है। मुझे तो, 60 के दशक की किसी पुरानी फ़िल्म की नायिका का शरारत में जीभ दिखाना करिश्मा कपूर के सेक्सी–सेक्सी चीख़ने से कहीं ज़्यादा सेक्सी लगता है।

लेकिन इस तरह की सेक्स अपील, इरॉटिक आनन्द की कोमलता और सूक्ष्मता को पहचानने वाले कितने दर्शक सिनेमाघरों में मौजूद हैं? फूहड़ गानों और द्विअर्थी संवादों पर सीटियाँ बजाने वाले दर्शक के लिए सिनेमा नाम का मनोरंजन एक अफ़ीम है। वह सच्चाई देखना नहीं चाहता। एक रंगीन, ऐयाश, अमीर दुनिया की फैंटेसी के मुक़ाबले में वह कड़वे यथार्थ को कम–से–कम देखना चाहता है।

मुझे अब कोई हैरानी नहीं होती है कि हिंसक फ़िल्मों की इस दुनिया में औरत एक सजावटी चीज़ है या देह प्रदर्शन का साधन।

अगर वह आक्रामक है, उसके तेवर हैं, तो भी वह मर्द ही है। औरत की वेशभूषा में एक मर्द। हाल में एक फ़िल्म मैंने देखी। एक विधवा अपनी सास से बराबर पिटती रहती है, रोती रहती है। एक दिन उसकी सास कुछ गुण्डों को बुलाकर अपनी बहू को 'धन्धे' के लिए भेजना चाहती है। विधवा रो–चिल्ला रही है। नायक सब चुपचाप देख रहा है। अचानक नायक को गुस्सा आ जाता है। वह विधवा को एक लम्बा–चौड़ा लेक्चर पिला देता है। स्वयं कुछ नहीं करता। सिर्फ़ उसे भड़का देता है। बस, अब शुरू होती है फ़िल्मी फैंटेसी। वह विधवा ठीक फ़िल्मी हीरो की तरह गुण्डों को धराशायी कर देती है। सास के पीछे डण्डा लेकर पड़ जाती है। यानी मर्द उसे भी एक मर्द बना देता है। और वह ख़ुश है।

आज शायद मैं भावुक हूँ–शायद मैं बहुत उदास हूँ। शायद मेरे भीतर जो यह बौद्धिक कीड़ा है, वह मुझे इस फ़िल्मी दुनिया में रहने नहीं देगा। मैं एक भूलभुलैया में हूँ। मैं पन्द्रह मिनट के लिए 'फेमस हो चुकी हूँ मिथिलेश! मैं अपनी पूरी कहानी भी तुम्हें नहीं बता पा रही हूँ। उसके लिए पन्द्रह घण्टे, पन्द्रह दिन, पन्द्रह साल भी शायद काफ़ी नहीं हैं। मैं एक डायरी लिखना चाहती थी–नहीं लिख पाती। अब तुम्हें ख़ूब सारे ख़त लिखना चाहती हूँ। मुझे इन ख़तों का कोई जवाब नहीं चाहिए। सिर्फ़ ए. डी. चाहिए–छोटा–सा एक्नॉलिजमेंट ड्यू।

–तुम्हारी सोनाली

दूसरी पत्नी

सुबह होने पर मैंने गिरीश के लिए कॉफ़ी बनायी और प्यार से पूछा, "क्या रात को ज़्यादा चढ़ा ली थी? न जाने क्या–क्या बक रहे थे।"

गिरीश ने पूछा, "अमरकान्त चला गया क्या! पाँच बजे की फ़्लाइट पकड़नी थी उसे।"

"हाँ, चला गया। पर मैं क्या कह रही हूँ? तुम इन दिनों ज़्यादा पीकर क्या–क्या बकते रहते हो?"

"मैं पिये हुए ज़रूर था पर होश में था। आख़िर मैंने ऐसा क्या कह दिया? तुम कभी समझ नहीं सकती हो अमर से मेरा रिश्ता।"

"हाँ, भला मैं कैसे समझूँगी इस अमर प्रेम को?' मैंने व्यंग्य किया, 'पर मुझे नहीं बनना तुम्हारी तरह मॉडर्न। मैं गँवार ही अच्छी हूँ। क्यों की थी मुझसे शादी? अमर तुम्हारा खाना वग़ैरह तो बना ही देता था। पर एक बात कान खोलकर सुन लो। आगे कभी ऐसी निर्लज्ज बात मत कहना। सोचो तो ज़रा। कुछ तो शर्म करो।"

"देखो अनुराधा, मैंने जो कहा था उसका एक मतलब था। ज़रूरी नहीं है कि तुम वैसा ही करो। तुम मुझे अच्छी लगती हो। मैं तुमसे प्यार करता हूँ। सो कॉल्ड मॉडर्न लड़कियों के साथ मैं सुबह से शाम घिरा रहता हूँ। आख़िर दिल्ली शहर का टॉप फ़ैशन डिज़ाइनर हूँ। लेकिन अमर मेरा बहुत प्यारा दोस्त है। हम दस

साल एक साथ रह चुके हैं। कभी–कभी मुझे लगता है, वह मेरी पहली पत्नी है...''

''ईडियट! कैसी बातें करते हो। दूसरी पत्नी की ज़रूरत ही क्या थी? काम चला लेते पहली पत्नी से।''

''तुम नहीं समझ पाओगी, अनुराधा। अमर आज स्ट्रगल कर रहा है। मैं लकी हूँ। मेरी क्रिएटिविटी अपनी ऊँचाई पर है। मैं चाहता हूँ वह भी मेरी ही तरह आगे बढ़े। बड़ा प्यारा बच्चा है। सो क्यूट। और रात को जो मैंने कहा था उससे भड़क क्यों गयीं? मैंने यही तो कहा था कि कभी अमर पर दिल आ जाये तो झिझकना नहीं। चाहो तो शारीरिक रिश्ता भी बना लेना। पर मुझे कभी बताना नहीं। मैं तुम्हारे किसी दूसरे रिश्ते के बारे में कभी जानना नहीं चाहूँगा। यह एक बहुत गहरी दार्शनिक बात है...''

''चुप रहो। अपनी फिलॉसफी अपनी फ़ैशन की दुनिया में जाकर झाड़ो। मैं तो हूँ एक गँवार लड़की।''

'और मुझे पसन्द हैं गंवार लड़कियाँ,' यह कहकर गिरीश ने मुझे अपने पास खींच लिया। मैं नहाकर, पूजा करके आयी थी, गिरीश कहता है कि इसी वक़्त मैं सबसे अच्छी लगती हूँ। ओ गॉड, कहता है, इस समय मैं सेक्सी लगती हूँ। बेशर्म।

दस साल पुरानी घटना मैं याद कर रही हूँ। तब मेरी शादी नयी–नयी हुई थी। मैं समझ नहीं पाती थी कि आख़िर गिरीश ने मुझे क्यों पसन्द किया। क्यों मुझसे शादी की? शुरू–शुरू में जब वह पार्टियों से शराब पीकर आता था तो मैं घबरा जाती थी। क्या ऐसे होते हैं मॉडर्न लोग? पर बाद में मैंने महसूस किया गिरीश या उसके दोस्त जब शराब पीते हैं तो कोई ग़लत हरकत नहीं करते। मस्त रहते हैं। नाचते–गाते हैं, कुछ अश्लील बातें कह ज़रूर देते हैं पर हिंसक या शराबी नहीं नज़र आते। शादी से पहले मेरे लिए शराब पीने वाले का मतलब था एक ऐसा आदमी जो पत्नी को, बच्चों को धुत होकर पीटता है। गालियाँ बकता है।

कभी–कभी मैं भी वाइन पीने लगी। मैं गिरीश की पार्टियों में तो बहुत कम जाती थी, पर हमारे घर में जब पार्टियाँ होती थीं तो ख़ूब मज़ा आता था।

अमर अच्छा लड़का था। गिरीश से ज़्यादा छोटा नहीं था। पर वह फ़ैशन की दुनिया में 'क्लिक' नहीं कर पा रहा था। गिरीश उसकी मदद करता था। उसकी प्रतिभा की तारीफ़ करता था। पर मुझसे क्या कहता था? बेशर्म।

एक पार्टी में अमर ने मुझसे कहा, "आओ अनुराधा। तुम मेरे साथ डांस करो।'

'तुम पहले मुझे भाभी कहो, तब डांस करूँगी।'

'मैं किसी को बहन या भाभी नहीं कहता। हर व्यक्ति का एक नाम होता है–उसकी अपनी पहचान होती है और गिरीश ने मुझे सख़्त मनाकर रखा है तुम्हें भाभी कहने के लिए। वह चाहता है कि मैं तुम्हारे नाम से तुम्हें बुलाऊँ। ऐंड आइ लाइक दिस।'

'वह तो बहुत कुछ चाहता है!' मैं शरारत से मुस्करायी। फ़ैशन की दुनिया ने मुझे भी निर्लज्ज बना दिया था–कुछ प्रतिशत ही सही।

मुकुल पैदा हुआ तो मैं कुछ समय के लिए अति व्यस्त हो गयी। उन्हीं दिनों अमर ने भी शादी कर ली। मैंने राहत की साँस ली। कुछ तो सुधरेंगे ये दोनों जिगरी दोस्त।

अमर का संघर्ष लम्बा साबित हुआ। उसकी पत्नी सोनाली से मेरी अच्छी पटती थी। वह भी जॉब करती थी। अमर के डिज़ाइन सफल नहीं हो पा रहे थे। पर वह निराशा नहीं होता था। मैं ईश्वर से मन–ही–मन प्रार्थना करती थी कि इसे भी कुछ दे दो। सारी सफलता गिरीश को ही क्यों दे रहे हो?

अमर मुकुल का भी बड़ा ध्यान रखता था। दूध की बोतल मँगानी हो तो झटपट ले आता था। गिरीश को इन कामों में कोई दिलचस्पी नहीं थी। कभी–कभी गिरीश अमर से कहता था, "मुझे तो कभी–कभी शक होता है कि मुकुल तुम्हारी सन्तान है।"

'यू बास्टर्ड!' मैं चिल्लाती थी और गिरीश ज़ोर–ज़ोर से हँसने लग पड़ता था।

शायद ईश्वर ने मेरी सुन ली। अचानक अमर को मिलान (इटली) से बुलावा मिला। और वह फ़ैशन सिटी मिलान में जाकर छा गया। उसकी सक्सेस असाधारण थी। दिल्ली के मीडिया में भी वह छा गया। उसका बिज़नेस भी बहुत अच्छा हो गया। मेरी शादी के पाँच साल बाद उसे सफलता मिली थी। लेकिन यह सफलता सच्चे अर्थों में ग्रैंड सक्सेस थी।

'अब तो तुम ख़ुश हो न। तुम्हारा दोस्त भी सफल हो गया है।'

'मुझे तो तुम कहीं ज़्यादा ख़ुश नज़र आ रही हो। कोई चक्कर तो नहीं चल रहा?'

'हाँ, चल रहा है। पर मैं तुम्हें क्यों सारी बातें बताऊँ? आय एम रियली वेरी हैप्पी।'

मैंने ईश्वर से अमर की सफलता के लिए प्रार्थना ज़रूर की थी पर गिरीश ही मेरे लिए सब कुछ था। उसका बिज़नेस अच्छा चल रहा था लेकिन वह धीरे–धीरे अमर के सामने अपने को बौना महसूस करने लगा। और एक रात दोनों दोस्त पीकर बहुत लड़े। मैं और सोनाली रसोई में चले गये। दोनों ने एक–दूसरे को बहुत गालियाँ दीं। अमर वैसे तो शालीन है पर उसे भी गुस्सा आ गया। ग़लती गिरीश की ही थी। वह बार–बार उसे 'प्रवोक' कर रहा था।

उस रात के बाद गिरीश की कुण्ठा, चिड़चिड़ापन बढ़ने लगा। उसका धन्धा तो चला हुआ था। पैसे की कोई दिक़्क़त नहीं थी। अमर ने हमारे घर आना बन्द कर दिया। दोनों दोस्तों में झगड़ा हो गया। कभी दोस्त लोग इन दोनों की दोस्ती की मिसाल देते थे। पर अब एक दूसरे ही गिरीश का जन्म हो गया। मैं इस नये गिरीश को बिलकुल नहीं पसन्द करती थी। सोनाली ने भी मेरे यहाँ आना बन्द कर दिया। उनके घर में कोई सन्तान नहीं थी। मैं भी मुकुल की दुनिया में व्यस्त हो गयी।

और आज शादी के दस साल बाद अमर अभी–अभी मेरे पास से गया है। मैंने ही उसे बुलाया था। एक लम्बे समय के बाद हम मिले थे। वह घर नहीं आना चाहता था।

'फिर कहाँ मिलें?'

'किसी रेस्तराँ में। इक्कीसवीं मंज़िल में क्यों न मिला जाये? तुम्हें भी पसन्द है वह जगह।'

'नहीं, किसी पब्लिक प्लेस में मैं नहीं मिलना चाहती। क्या हम किसी होटल में नहीं मिल सकते?'

'होटल में क्यों?'

'क्योंकि तब मैं तुम्हें जान सकूँगी।'

'जानने को कुछ रह गया है क्या?'

'मैं तुम्हारे बारे में कुछ भी नहीं जानती, अमर। अमर प्रेम कैसा होता है यह मैं जानना चाहती हूँ।'

बहुत झिझक रहा था अमर। पर मैं जो अपनी सारी शर्म छोड़ आयी थी। अमर जा चुका है। मैं भी घर जाने की तैयारियाँ कर रही हूँ। अमर कह गया है–'अनुराधा, दुबारा कभी नहीं बुलाना। सॉरी, मैं कभी नहीं आ पाऊँगा। हालाँकि तुम मुझे बहुत अच्छी लगती हो। तुम्हारे साथ बिस्तर पर जैसे मैं उड़ रहा था। आयी वाज़ रियली फ़्लाइंग।'

इस समय मैं आगे के बारे में नहीं सोच रही हूँ। मुझे तो सिर्फ़ इतना पता है कि गिरीश को इस सीक्रेट मुलाक़ात के बारे में कभी नहीं बताना है। यही तो वह चाहता था। मैंने किसी को कोई धोखा नहीं दिया है।

□□